KB056586

밤과 여름 사이의 맛

밤과 여름 사이의 맛

"우리 생은 같은 맘으로 함께하는 이가 있을 때 가장 달아"

박은영 글·그림

Castingbooks

이 책은
이루고 싶은 꿈이나 사랑에 관한
필연적 운명을 다룬다.

반드시 올 설레는 앞날은 필연이다.
앞날은 누구에게는 열려 있고,
누구에게는 닫혀 있다.

필연의 존재를 확신하면서도,
아직 오지 않은 어떤 것,
영원히 오지 않을 것 같은 어떤 것에 대한
불안한 미래를 암시하는
이상야릇한 갈망을 그린다.

- 영혼의 무늬가 닮은 내 필연에게

보고 싶은 한 사람이 있었어.

그래서 편지를 썼지.

"들판에 노란 꽃 만발하면

내게 오지 않을래?"

그리고는
별들이 무수한 밤하늘로
날려 보냈어.
편지는 꼬불꼬불 별 길을
지나게 되겠지.

나는 기도했어.
부디 너에게 닿기를….

차례

1장

필연을 만나면 알게 돼

꿈을 꾸었어.

한 사람이 연거푸 꿈에 나왔어. 일면식도 없는,
그렇다고 염두에 둬본 적이 있는 사람도 아니었어.

너는 꿈에서 하얀색, 연한 핑크색, 연한 하늘색 등의 셔츠를 입고
있었고, 언제나 환하게 웃으며 나를 쳐다보았어. 심지어 내가 집
을 떠나 있을 때도 꿈에 보였어.

이상한 일이었지. 한 번이면 그러려니 지나쳤을 텐데,
잊을 만하면 꿈에 나타났어. 참으로 희한한 일이었지. 영으로 묶
여있는 느낌이랄까. 그렇게 우리는 억겁의 시간 전에 만났던 모
습으로 꿈에서 먼저 만났어.

수만 광년 전,

기억하지 못하는 그 때,

그 곳에 우리가 있었어.

수만 광년 전, 그 곳에는
지구의 계절보다 긴 낮과 밤이 있었지.
수많은 낮과 밤을 우리는 함께 보냈어.
그 곳의 수많은 낮과 밤은 지구에서 보면 정말이지 오랜 시간이
었을 거야.

광년이 얼마나 먼 줄 알아?
광년은 빛이 1년 동안 달리는 거리야. 너무 빨라 어쩔 줄 모르는
빛이 걷는 것도 아니고 달린다고 생각해 봐. 얼마나 빨리, 먼 거
리를 가겠어. 헤아릴 수도 없어.

그렇게 멀리,
그렇게 오래 전에,
우리가 함께 했던 거야.
하지만 우리는 눈 깜짝 할 사이처럼 느꼈을 거야.
원래 좋고 행복한 것은 아주 짧게 느껴지는 거잖아.

비밀 정원에서의 우리의 낮과 밤

별과 별 사이, 우리만 아는 비밀 정원이 있었어. 비밀 정원은 큰 별들 사이, 별에서 별로 구름다리를 건너야 하는 '별 섬'이었어. '별 섬'엔 본토별에서 볼 수 있는 것들이 있었어. 말하자면 꽃, 비, 눈, 바람, 그런 것들이지. 지구와 많이 닮은 아주 작은 별이었어. 무엇보다 그 별에서 지구라는 별을 아주 크게 바라볼 수 있었지.

크고 작은 별들을 돌림 하던 증기가 마침내 비가 되어 비밀정원에 닿은 날에, 우리는 비밀정원 귀퉁이 나무에 이름을 새겼어. 심심한 바람이 불면 은은한 로즈마리 향을 내어주던 정원은 빗물로 벽돌을 갈아 물들인 붉은 그림을 그렸고, 우리는 나뭇잎 빻아 꼬물꼬물 초록 이름을 썼어. 비는 해가 비치지 않아도 정원 안, 작은 도랑에 물고기 비늘처럼 반짝이는 물결을 만들어 줬어. 나무 밑동에 손을 맞대고 있던 우리도 아름답게 반짝이며 응수했었지.

나무는 우리가 두 팔을 마주해 두르면 닿을 정도로 컸어. 너와 내가 두 팔 벌려 나무를 두르면, 돌고 돌아 두 손 맞잡을 수 있었지.

마치 우주를 돌고 돌아, 다시 만나게 될 것처럼.

수만 광년 전, 비밀정원 나무 아래에서, 우리는 수백 번 해지우고 해 띄우고, 수천 번 꽃 피우고 꽃 지웠어. 비밀의 정원에서의 우리의 낮과 밤은 그렇게 비밀처럼 흘러 갔지.

행복하다고 해서 영원을 보장받는 것은 아니야.

비는 그치고 낮과 밤은 계절처럼 바뀌기 마련이니깐. 푸르렀던 시간을 보내면, 순하고 무심하게 다른 시간을 맞게 되는 거잖아.

바뀐다는 건 단념의 또 다른 이름.

지금은 있는 지도 모르는 별과 별사이 어느 곳,

봉인된 낮과 밤들은 잊힌 기억보다 더 희미해져 버렸어.

필연은

이미 오래 전에 예정되어 있었던 거야.

필연은

어쩌다가 되는 것이 아니라,

어떻게든 되는 것.

누구든 지가 아니라,

어떤 누구.

여기까지 참 잘 왔구나

해가 졌지만 뛰쳐나왔어.
편지를 써야 하는데 가로등 불빛이 필요해서였지. 여긴 지구. 나
는, 지금, 지구 어느 한 귀퉁이에서 글을 쓰고 있어.
그리고 혼자야.

내가 내려다 보여.
내 영혼은 공중으로 부양하여 전생 같았던 지난 일들을 스캔하
고는, 열심히 편지를 쓰고 있는 내 육신을 투시하고 있어. 내 영
혼이 내 육신에게 말을 걸어.

"여기까지 참 잘 왔구나…."

말라있던 물기가 되살아나 가슴에서 울컥해.
뭔지 모르게 무언가 서러워졌어.

어떻게 해서 내가 별 섬에서 떨어져 나왔는지 기억나지 않아.

어쨌든 난 여기 지구에서 다른 생을 살고 있어.

그것도 아주 바쁘고 정신없이.

별을 보고 있어.

내가 별을 바라본다는 것은 가늠할 수 없는 아득한 과거를 그리는 게 될 거야.

별은 또렷하게 나를 보며 반짝여.

마치 오래전 일들을 모두 기억하고 있다는 듯이.

별에게서 이미 소멸했을 지도 모른다 생각했던 어떤 존재의 시선을 느끼고는 희미하게 웃었어.

드디어 알아차렸다는 의미랄까.

그냥 그렇게 느꼈어.

별들 사이 어디쯤에 나를 그리는 누군가가 있다는 거.

딸랑, 그 때 풍경이 울렸어.

운명은 무에서 유를 만들어내는 물리적인 현상이 아니야. 오래
전부터 그곳에 예정되어 있었고, 단지 발견되어졌을 뿐이고, 그
래서 인위적인 목적성이 배재된 태생적 필연성을 갖는다고나
할까?

우리가 겪는 모든 사건이 운명이 될 수는 없어. 운명은 필연이 만
드는 결정적 순간이야. 스치는 것이 인연은 될 수 있어도, 스친다
고 다 필연은 아니야. 스침이 반복된다손 치더라도 반드시 필연
이라고는 말 할 수 없어. 여러 번 스쳐도, 아무리 맘에 들어도, 아
무리 노력해도, 필연이 아닐 때가 많지.

필연이 아니면 내 것이 되지 않아.
필연은 억지로 만들어지는 것이 아니야.
또 한 쪽만의 마음으로도 정의 될 수 없어.
필연에는 '함께' 라는 명제가 붙지.

마음과 마음이 한데 만나,

함께 윤을 낸 정성이 만든 소중한 부산물.

오랜 시간 다듬어지고 영글어져 고통스럽게 끄집어내어지는 것.

아무나와 나눌 수 없는 고독 속에서 이전에는 없었던 새로움으로 잉태되어 영원을 사는 불.

지금의 나를 나이게끔 한 이유이며,

오늘 내가 거하는 안식.

그게 필연이야.

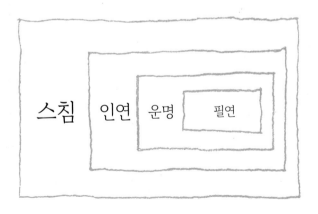

필연은

나비 한 마리가 오는 것과 같아.

아무리 떨쳐내려 해도,

먼 길 돌아와도,

게으를 순 있어도,

반드시 오는 것.

돌아갈 순 있어도

순리대로 흘러가는 것.

노랑꽃 별 섬

처음부터 너와 함께 한 건 아니었어.

나는 비밀정원 한 가득 꽃을 심었었어. 노랗디 노란 꽃을. 물을 주고 벌레들을 잡아주고 정성을 쏟았었어. 이윽고 노랑꽃은 별 섬을 다 덮을 만큼 퍼져나갔지. 별 섬 가득 노랑으로 물들어 갔어. 별 섬은 작았지만, 노란 빛을 발하며 제일 반짝이는 별이 되었지. 노랑꽃은 향을 지녔는데, 그건 로즈마리와 재스민을 섞어 놓은 향이었어. 그 꽃향기를 쫓아 나비들이 날아들어 나를 외롭지 않게 했지. 나는 맨발로 나비를 쫓아 춤추듯 뛰어다녔어. 나의 장단에 맞춰 노랑꽃은 몸을 흔들며 자신의 향기를 더욱 뿜어줬지. 정성은 주고받게 되어 있어. 먼저 정성을 보이면 아끼는 것들은 그 정성을 흡수해 다른 아름다움으로 발해 돌려주지.

노랑꽃 향기를 따라 나비처럼 니가 왔었어.

"안녕"

너는 꽃에게 인사했어. 그리고는 맨발로 멍하게 멈춰서있는 나를 보았지. 꽃 대신 내가 대답했어.

"안녕"

노랑꽃은 밤낮이 바뀌고, 철이 바뀌면서 피고 졌어. 하지만 너는 오래도록 정원에 머물면서 정원의 주인이 되었지. 그 후로도 오랫동안, 지금까지.

만약 내가 꽃을 가꾸지 않았다면,
만약 꽃이 힘껏 향기를 내뿜지 않았다면,
너는 내게 왔을까?

필연을 직감하는 일은 그리 흔한 일은 아니야. 그렇지만 그런 일은 실제로 있어. 그것은 초대받지 않은 채 불현듯 들이닥쳐. 생각지 않았던 어느 순간에 나비처럼 나풀거리며 다가오고, 끊임없는 날개 짓으로 우리 영혼을 변화시키지.

지리멸렬한 일상 속, 격렬하지만 유쾌한 반전이야.
눈앞에 맞닥뜨리는 순간 강렬하고, 깊은 만남에선 꿈틀거려. 움직임은 강렬함 속에 숨어있고, 눈을 지그시 감고 한참을 독대하면 그제야 옷을 벗고 꿈틀거리지. 이제는 너를 믿고 보여줄 수 있다는 듯이. 필연이란 그런 거야.

그냥 느낌으로 아는 거지

잘 모르겠다고?
그럼 다시 말할게.

필연은 끈이야.
알아차릴 수는 없지만,
필연이 되는 사람들은 끈으로 묶여있대.
서로를 그리는 마음의 끈.
신뢰가 담긴 사랑의 끈.

하지만 그 끈은 보이지 않는대.
그냥 느낌으로 아는 거지.
그냥 좋은 느낌.

어떤 일이든, 어떤 장소든, 어떤 시간이든, 어떤 사람이든.
꼭 해야만 될 것 같은,
하지 않으면 안 될 것 같은 느낌.

저 땅 속 깊은 곳에 목소리를 보냈을 때 퍼져오는 신기한 울림.
어쩌면 저 수 만 광년 전부터 전해오는 것일지도 모르는 울림.

가끔은 잠깐 스쳤던 옷깃인연이 필연을 이어주는 끈이 되기도
해. 옷깃인연이 다른 특별한 운명을 위한 전조적 만남이 될 때가
있는 거지.

철따라 피고 지는 꽃은 한 때를 스쳐간 옷깃인연이었지만, 꽃을
따라 온 너는 필연이 되어 오래도록 나와 함께 했지.
필연이 되었든, 옷깃인연이 되었든, 모든 것에 정성을 쏟는 것은
중요해. 함부로 말하거나, 행동하지 않는 처신은 참으로 중요해.
내가 좋은 기억이 되는 건, 행운의 전조라 말할 수 있어. 그건 필
연이 찾아지는 일일지도 몰라. 그 정성으로 필연이 우리 곁에 한
걸음 더 가까이 오게 되는 지도 몰라.

필연을 만나면 알게 돼.
우리가 스쳤던 모든 순간이 이유가 있었다는 걸.

해바라기는 백 년 동안 꿈을 꾸고 있대.

해바라기를 만났어. 해바라기는 꽃이래.

처음에는 해바라기만큼 못생긴 꽃이 없다, 생각했어. 무엇이 죽어서 해바라기로 환생했는지, 아니면 오랜 지침 끝에 모습이 변한 건지 모르겠다, 생각했지. 까만 깨가 잔뜩 박힌 커다란 얼굴, 미친 듯 풀어헤친 노란 머리, 길게 빼고 있는 목. 정말 못생겼어.

"해바라기야, 넌 왜 그렇게 머리를 풀어헤치고 있어? 조금만 빗어줘도 예뻐질 텐데."

"난 지금 해를 기다리고 있는 중이야. 그래서 머리를 빗을 틈이 없어. 백 년 동안이나 한 자리에서 해를 바라보고 있어. 하도 해를 바랬더니 목도 길어져 버렸어. 그래서인지 사람들이 이젠 나를 해바라기라 불러. 비로소 난 이름을 갖게 된 거지. 근데 내 모습이 그리 이상해?"

"아니야. 약간 익숙지 않은 모습이라서. 지구 사람들은 기다리는 것보다 거울을 보는 걸 더 좋아해. 거울을 보고 예쁜 모습으로 사진 찍는 걸 좋아하지. 그러면서 즐거워 해. 그런데 너는 그렇게 미워지면서 온종일 해만 바라본다고?"

"응. 나는 해를 바라볼 때가 제일 행복해. 바라보면 언젠가 만날 수 있을 거라는 희망이 생기거든."

해바라기의 얼굴은 자신의 소망을 타인에게 시위하는 주체할 수 없는 자기연민의 표정 같았어. 꽉 차 있으나, 다 빠져나간 모습. 얼마나 기다렸으면 그리 되었겠어.

해바라기의 긴 목은 땅으로부터 이슥히 무연해져 버린 시간처럼 느껴졌어. 늘어난 거리는 운명 이전의 시간이자, 발하기 위해 스며들 운명을 위한 시간이었을 거야. 참으로 참척한 시간이었을 거야. 티끌만한 서러움의 기척도 낼 수 없었던 시간, 고독을 견뎌 내려는 끈질긴 주문을 거쳐 운명은 숙명이 되었을 거야. 한 생이 가졌던 풍경의 농도를 완전히 바꾸어 놓은, 같은 생 안에 다른 생의 탄생. 그건 운명을 지나쳐 숙명이 되는 사건이지.

해바라기는 백년을 넘기며 죽지도 못하고 꿈꾸고 있대. 이전 생의 운명이 가혹했건 행복했건 간에, 다만 함께 하고 싶은 다른 생에게 안부를 전하면서, 미처 이루지 못했던 필연의 환생을 기다리며, '백년의 꿈'을 꾸고 있대.

나는 해바라기를 다시 올려다봤어.

다시 보니 더없이 아름다운 얼굴이었어.

어쩌면 말이야.

필연을 만난 모습이 그러하지 않을까.

해바라기가

해를 바라는 것은

숙명인 거야.

생은 필연을 찾아가는 여정

사람은 많이 살아야 백년을 살아.

그중 3분의 1은 잠을 자지. 겨우 나머지 60년을 우린 깨어 있는 거야. 꿈 시간이 필연을 그리는 시간이라면, 낮 시간은 필연을 찾아다니는 시간일거야.

어쩌면 우리 삶은 이전 생의 필연을 찾아가는 여정이 아닐까. 필연은 생이 바뀌어도 같은 선상에 연결되는 뫼비우스의 띠 같아. 생간의 막을 거침없이 넘나들면서, 시기하는 가위손들을 조롱하면서 전사가 되어 운명을 숙명으로 완성하지. 기특하게.

'필연이란 반드시 그렇게 되도록 되어 있는 인연이며, 생은 필연을 찾아가는 여정.' 우주가 사라지지 않는 한 이 명제는 언제나 진실해. 우주는 오래된 희망이 그대로 녹아있어. 지켜주고 싶고, 지켜주어야만 할 아름다운 가치. 그래서 필연은 방황하다 돌아온 아이를 위해 밥상을 차리는 엄마의 마음처럼 따뜻한 거야.

그렇지만 말이야.
아무리 단단한 끈으로 묶여 있다고 해도,
옷깃인연에게 정성을 쏟았다고 해도,
저 많고 많은 사람들 중에
필연을 찾아낸다는 건 기적 같은 일이야.

다듬어지지 않고 비뚤비뚤한 수많은 돌멩이 속에서 반짝반짝 숨
은 보석을 찾아내는 일과 같을 거야.
굉장히 어렵지만, 경이로운 일일거야.

천 만 개의 약속을 담은 내 사람이라는 말을 서슴없이 쓸 수 있
는 누군가를 만난다면, 그건 성공한 인생이라 할 수 있지 않을까.

빌어보아.
내밀한 약속이 운명으로 완성된 필연과
생의 마지막 순간에 함께하기를….

2장

세상을 사는 우리는 모두 외로워

구석구석 세상 청소를 해야지.

더러운 것들을 털어내야 해.

세상은

슬프고도 아픈 이름이야.

필연에게 세상은 아픈 곳이야.
세상은 과거 저 먼 곳으로부터 뚝 떨어져버린
'지금'이란 현실인 거지.
우리가 태어난 이상 우리는 '지금'이라는 세상에서 참고 견디며
살아남아야 해.

세상은 신이 필연에게 준 가혹한 숙제야.
세상은 필연과의 만남을 훼방 놓기 위해 신이 만들어 놓은 장치
일지도 몰라.

한숨처럼 짧았던 오랜 시간 뒤,
우리는 세상 속에서 필연을 단념하기도 해.
이것보다 더 가슴 아픈 일은 없어.

생의 한 가운데

물리적 바늘이 가고 있는 동안,

우리의 시선은 한 곳에 머물렀지만,

우리의 시간은 풍문 같았어.

우리는 진실했으나 연약했고,

외면하지 않았으나 외로웠어.

한참을 걷다가 창문 앞에서 멈췄어.

창문에 비치는 햇살이 아주 따뜻해 보였기 때문이야. 반듯한 사
각형이 여러 개가 붙어있는 창문이었어. 그런데 이상한 게 하나
있었어. 분명 창은 그대로 인데, 창을 통과한 빛은 모습이 매번
바뀌는 거야. 앞으로 가면 빛은 길어지고, 조금 뒤로 가면 빛은
짧아졌어. 빛은 방향과 강도, 시각에 따라 그때그때 달라졌어.

똑바로 본다고 해도, 그래봤자 사다리꼴.

비껴 보면, 더욱 일그러진 사각형.

투영된 세상. 투영은 허상이야.

반듯해 보이지만,

상황에 따라 일그러지는 형상.

올곧음이 지켜지지 않는 형상.

그게 세상 모습이지.

우리, 무엇을 위해

'지금'이라는 시간에는

우리가 함께 보냈던 수 만 광년 전의 시간 같은 건 없어. 그것은
시간 너머의 시간이 되어버렸지. '지금'이라는 생에서 우리는 하
나의 시간만을 지킬 수는 없어.

다들 저마다의 시간과 생각을 가지고 살지.

여러 개의 시간, 여러 개의 생각. 생각이 다른 사람들이 서로 옳
다고 싸워. 바람만 불어도 한 쪽으로 쉬이 휩쓸리며, 자신이 만들
어 놓은 정의 속에서 자신만이 옳다고 목소리를 높이지. 내건 맞
고, 남건 다 틀리대. 서로 미워하며 싸움이 지나치면 서로를 죽이
기까지도 하지.

한 치만 보고 두 치는 못 보는 우리.

잘 살기 위해, 뭐 좋은 것이 없나 남의 것을 기웃거려. 보고 배운
다는 허울 좋은 명분으로 모방을 일삼고. 선의라며 거짓말도 일
삼아. 늘 부족해 하고, 무언가 불안해하지. 뭘 더하려 애쓰고, 더

할 수 있을 거라 자신하기도 해. 욕심이 끝이 없지. 욕심으로 전부를 채우면서, 사랑조차도 잇속과 연관 지어 주체 없는 존재로 전락 시켜버리지.

한 가지만 물어보고 싶어.
우리, 무엇에 목숨처럼 열정을 품은 적이 있어?
아니, 보다 직접적으로 물어서,
우리, 무엇을 위해 목숨을 초개처럼 버릴 수 있어?
절대 그럴 수 없지. 나도 그러기 싫어.

우리는 영혼을 담보로 신변의 안락함을 사고 있지.
그런 것들은 잠시 반짝일 수는 있어도 영원을 살 수는 없어.
오늘이 가면 오늘이란 처참함이 하루만큼 더해지고,
만족은 없어. 다만 처참하게 소진되고 난 후, 세상에 약삭빠르게 적응하는 방법만이 남게 되겠지. 속이 없는 빈껍데기로.

창문을 지나,

큰 유리병 같은 건물을 빠져나오자 굵은 줄기의 비가 내렸어.

문득 '지금'이란 생은 불현듯 맞닥뜨리는 소낙비와 같단 생각을
했어.

우산이 있으면 다행인거고, 우산이 없다면 그냥 맞을 수밖에.

익명의 시간과 그 시간이 만드는 회한을 간직한,

눈물같은 비가 내렸어.

세상이 우리를 속일지라도

슬퍼하거나 노여워하지는 마.

세상은 원래 그렇게 생겨먹은 놈이니깐.

무조건 걷고 있는 그는
자코메티야.

아주 깡마른 사람을 만났어.

너무 말라 뼈만 있는 듯 했지. 계속 걷기만 하고 있었어. 지치고 힘들어 보였지만, 쉬지 않았어. 그의 이름은 자코메티라 했어. 그는 실오라기 하나 걸치지 않았어. 실체를 가리는 천 쪼가리도, 침입을 막아주는 벽도 없었어. 창피하지도 않은가봐.

"자코메티, 넌 왜 옷을 입고 있지 않은 거지? 창피하지 않아?"
"창피? 그게 뭐지? 나는 지금 무척 바빠. 수치나 창피, 그런 건 내게 사치야"

자코메티는 원래 건장한 사람이었대.

그의 '지금'이라는 생은 참혹했대. 두 번의 전쟁을 거쳤나봐. 전쟁에서 자신이 살아남기 위해서 남을 죽이면서 발버둥 쳐야 했대. 전쟁이 끝난 다음에도 계속해서 발버둥 쳐야 했대. 더 많이 갖기 위해 남을 밟아야 했대. 그런데도 만족하지 못하고, 오히려 더 부자가 되기 위해 여전히 걷고 있대. 수 천리의 세상을 걸어오면서 그의 강건했던 살점은 하나씩 떨어져 나갔대. 마침내 옷까지 헤어져서 떨어져나갔대.

"자코메티, 너는 어쩌다 여기까지 오게 된 거야?"

"말하자면 좀 길어. 여기서 검은 바다를 건너면, 사막들이 여러 개 나와. 난 그 중 한 사막에서 태어났어. 스무 살쯤 되었을 때, 옆집에서 삽을 하나 훔쳤어. 땅을 파면 물이 나올 거 같았거든. 사막에서는 훔친다는 건 큰 죄야. 물자가 아주 귀했거든. 나는 단지 삽 하나 말 안 하고 가져왔을 뿐인데, 집을 떠나 도망을 가야 했지. 부모님이 챙겨준 돈을 가지고, 옆 사막으로 넘어갔어. 그리곤 온갖 직업을 전전하며 10년간을 떠돌았지. 그 곳에서 두 번의 전쟁을 겪었어. 그 곳은 물과 식물이 있는 곳이 별로 없어. 그래서 그런 곳을 찾고 빼앗으려고 서로 전쟁을 해. 어떡해서든 살아남아야 하니깐."

"그럼 그동안 계속 사막에서만 있었던 거야?"

"아니야. 그곳에선 도저히 못살겠다 싶어 난 또 값나가는 물건들을 챙겨 도망쳤지. 도망 칠 때, 단짝 친구를 남겨둬야만 했지만, 그래도 나는 감행 했어. 둘이 움직이면 들킬 거 같았거든."

"그럼 그 친구는 어떻게 되었어?"

"몰라. 아마도 굉장히 곤란했을 걸. 나와 친구란 걸 모든 사람이 알았거든. 그런 건 나한테 중요하지 않아. 나는 내가 사는 게 먼저니깐."

그렇게 말하는 그의 얼굴은 정말 아무렇지도 않아 보였어.

"나는 계속 걸었고, 걷다보니 바다에 이르렀어. 바닷가는 모든 것이 사막에 비해 풍족했어. 다들 잘 먹고, 잘 살았지. 내 옆 모든 사람들이 나보다 부자 같았어. 나는 그들보다 잘 살고 싶었지. 사막에서 가지고 온 값나가는 물건들을 팔았어. 그런데도 성에 안 찼지. 나는 진귀한 물건들과 함께 가방에 섞여 넣어진, 사막에서는 아주 흔한, 너무 흔해 값도 매길 수 없는, 사막 돌멩이들을 팔았어. 사막 돌멩이들이 뾰족뾰족한 별모양이어서, 나는 그것들이 하늘과 통하는 진귀한 물건이라며 팔았지."

"정말 하늘과 통해?"

"그런 게 어디 있어. 그렇게 말하면, 더 잘 팔릴 것 같아 꾸며댄 거지. 그럴듯하게 말하면 다들 그렇게 믿어. 바보들."

열심히 소리를 지르며 팔고 있는데, 이곳에서 온 사람을 만났어. 그 사람은 윤이 반질반질 나는 옷을 입고 있었어. 내가 눈이 휘둥 그레지며 옷을 이리저리 만지고 더듬으니, 벌레 입에서 뽑은 아주 값비싼 실로 만든 옷인데 검은 바다를 건너 육지 길을 쭉 따라 가면 많다고 하더라고. 육지는 그 곳과 같은 언어를 쓰지만, 거기보다 물가도 싸고 풍족하다고 그러더라고. 아니, 바닷가보다

풍족하다니. 눈이 번쩍하는 말이었지. 그래서 석 달 전에 이곳으
로 왔어."

"그럼 이제 고향으로 돌아갈 생각은 없는 거야?"

"고향? 사막? 그 곳은 이미 잊은 지 오래야"

자코메티의 표정은 '고향'이란 개념이 머릿속에 들어있지 않은
듯 했어.

돈은 있다가도 없어지고, 없다가도 생기는 신기루 같은 거야. 돈
에는 눈이 달려 있거든. 가지려 안간힘을 쓴다 해서 가질 수 있
는 것이 아니야. 그런데도 자코메티는 돈이 그렇게 좋은가봐. 세
상의 능욕이 결국 그를 벌거벗게 한 거지. 지금 그에게 남은 건
오직, 비쩍 곯은 육체와 뜨거움이 떠나고 기능만 남은 심장. 세상
은 그에게 트라우마를 남겼고, 트라우마는 어느 한 곳이 마비되
는 증상을 일으켜. 마비가 오래되면 환부가 썩어서 떨어져 나가
게 되지. 그의 살과 옷은 물욕이라는 보이지 않는 옷으로 갈아입
으면서 떨어져 나갔어. 그는 그를 완전히 잃었어.

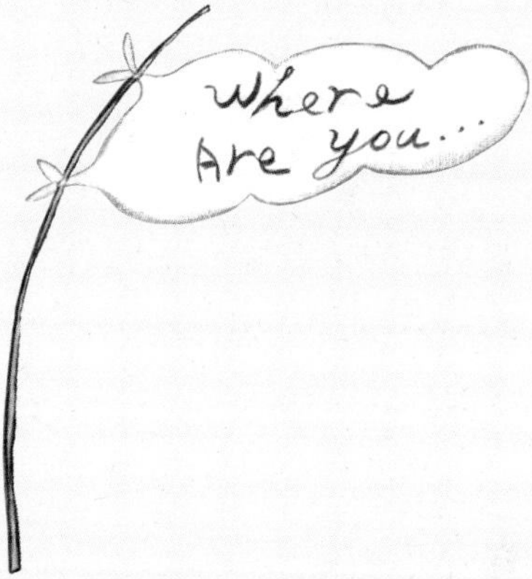
Where
Are you...

외로워서 미혹되었어.

운명이 예정되어 있는데도 우리는 미혹돼.
우리는 너무나 외롭고,
세상은 우리가 그냥 지나치기에는
지나치게 달콤하기 때문이지.

눈앞의 달콤함에 넘어가지 마.

자세히 보니 그는 울고 있었어.

"자코메티 너 울고 있니?"

자코메티는 입술만 굳게 깨물 뿐 대답이 없었어.

"왜 울어? 무슨 일 있어?"
"그녀가 떠났어."
"그녀? 그녀가 누구야?"
"이사벨……."
"이사벨?"
"나의 이사벨……. 이곳으로 온 지 얼마 안 되서 그녀를 만났어. 그녀와 함께 한 얼마간은 세상에 그보다 더 좋은 것이 있을까, 싶을 만큼 행복했지. 천국 같았어. 이사벨은 너무나 아름다운 여자였어. 그녀의 입술은 달콤했고, 머릿결은 황홀했지. 여태껏 아무도 나를 대접하지 않았는데, 그녀만이 이방인인 나를 감싸고 내얘길 들어줬어. 그녀도 나를 사랑한다고 했어. 나는 그녀에게 내가 아는 모든 것을 이야기 하고, 내가 가진 모든 것들을 줬지. 헌데 어느 날 그녀가 이별을 통보했어. 제대로 한 대 얻어맞은 기분이었지. 그녀는 나보다 더 부자인 남자를 만나 떠나 버렸어. 그녀가 떠난 후 이를 악물며 다짐했어. 더 부자가 되어야겠다고."

마음을 잃는 것은 전부를 잃는 것인데, 그는 그걸 자각하지 못한 듯했어. 그는 산 것도 아닌, 죽은 것도 아닌 좀비가 되어 있었지.

한참 만에 그는 눈물을 삼키며 말했어.

"나, 너무 외로워…."

그 말에 내 가슴이 서늘해졌어.
나의 외로움은 아무 거리낌 없이 그의 외로움에게 빠르게 대답했어.

"나도 외로워…."

세상을 사는 우리는 모두 외로워.

어떻게 살 거야?

누구나 실수 할 수 있어.
말 안 해도 다 알아.
얼마만큼 실수했고,
어디까지 왔는지.
얼마나 난감한지.

우리는 시행착오 속에서
무엇이 중요한지 알게 돼.
중요한 건,
실수를 반복하지 않는 거지.
보다 더 중요한 건,
소중한 사람들을 잃지 않는 거지.

자코메티가 지나간 후, 얼마 지나지 않아 할아버지가 할머니와
함께 걸어왔어. 할아버지는 할머니 손을 꼭 잡고 있었어.

"안녕하세요. 할아버지."
"안녕, 젊은이."
"할머니랑 어디 가시나 봐요?"
"풍선을 날리러 간다우."
"풍선이요?"

할아버지는 할머니의 손을 잠시 놓는가 싶더니, 다른 한 손으로
할머니 손에 묶어 놓은 붉은 끈을 정성스럽게 풀었어. 붉은 끈은
풀리기 직전까지 할아버지와 할머니를 꽉 묶고 있었지.
연이어 할아버지는 가방에서 부스럭, 부스럭, 아직 부풀리지 않
은 풍선 몇 개를 꺼내어 보여주었어. 풍선마다 '피터 & 윈디' 라
쓰여 있었어. 아마도 할아버지와 할머니의 이름인가 봐.

"오늘은 우리가 만난 지 50년이 되는 날이라우. 우리는 풍선이
날리는 공원에서 처음 만났다우. 지금 그 공원을 찾아 가고 있는
중이라우."

할아버지가 눈을 지그시 감고 읊조리는 동안, 내 눈은 붉은 끈과
붉어진 할머니 손목을 줄곧 응시했어.

"그런데 할아버지. 왜 할머니와 끈을 묶고 다니세요?"

"아, 이 끈? 이 사람과 떨어질 까봐 서지. 이 사람이 기억을 자주
잊거든. 혹 내가 손이라도 놓치면, 나를 잃을까봐 그렇지."

할머니는 그 말을 알아들었는지 할아버지 옆에서 말없이 눈을
느리게 껌벅였어. 할아버지는 끈 자국이 나 붉어진 할머니 손목
을 호호 입김을 불어가며 마사지 하듯 여러 번 쓰다듬었어. 그런
다음 다시 할머니 손목에 정성스레 끈을 묶어주고는 할머니 손
을 꼭 잡고 발걸음을 옮겼지.

나는 무얼 부러워한 적이 없는데, 그 모습은 정말 부러웠어. 우
리가 '지금'이라는 세상 속에서 가장 이루기 힘든 모습이 아닐까.
50년을 함께 산다면 어떤 마음이 생길까. 영혼이 하나 된 모습.
오래도록 함께 걸어서, 육체를 넘어 서로의 영혼을 아끼고 사랑
하는 모습이랄까. 그들은 분명 필연이었을 거야.

인생이 자신 있는 사람은 아무도 없어.
나락으로 떨어지는 것도 한 순간이고, 용수철처럼 튕기는 것도
한 순간이야. 우리가 세상을 이기는 유일한 방법은 필연을 지키
는 거야.

세상이 어떻게 돌아가든,
변치 않은 한결같음은 결국 속됨을 이겨.
난 말이야. 이 세상에 머무는 시간이 아무리 짧다지만,
가볍게 살다가고 싶지 않아.
세상살이가 아무리 힘들다지만,
쉽게 살다가고 싶지 않아.

한 순간, 한 순간 의미를 담고, 방향키를 잘 잡고,
크진 않지만 가치 있는 삶을 살다가고 싶어.

우리에겐
전생의 남은 숙제와 이생의 사명이 있을 거란 생각을 하거든.
어떠한 상황에도 불변하고 내 자리를 지키게 하는 천인이 있다
고 생각하거든.

3장

여기까지 잘 왔다고,
이제 쉬어도 된다고.

푹신한 의자를 준비하겠어.

네가 오면 편히 쉴 수 있게.

문득 어떤 생의 목소리가
긴 시간의 궤적을 거슬러 전해져 왔어.
여기까지 잘 왔다고.
이제 쉬어도 된다고.

누군가 날 쫓아오는 것 같았어. 정신없이 뛰었어. 뒤도 보지 않고
달렸지. 너무 빨리 발길질을 하다 보니 달리는 발걸음 뒷부분이
온통 흙먼지가 일었어. 흙먼지가 신기해서 더 빨리 발을 움직일
때도 있었지.

그러다가 잠시 멈추고 싶어 졌어

달리다 멈춘 곳은 도심 뒷골목이었어. 그 끝엔 작은 문이 하나 있었어. 그냥 지나칠까 하다가 문득 궁금해 졌지.

'저 문 안에 내가 좋아하는 생선이 가득 있을지도 모를 일이야'

문은 자물쇠로 잠겨 있는 듯했지만,
살짝 밀어보니 움직였어.
자물쇠만 보고 돌아섰다면,
나는 그 안 보물들을 발견하지 못했을 거야.
일단 한번 열어보는 것.
여는 사람에게만 기회는 주어지지.
문을 여는 것은 마음을 여는 것이야.
끼익
문을 열었어.

딸랑.

들어서자마자 문이 닫혔어. 갑자기 적막이 흘렀어. 날 성가시게 했던 시끄러운 세상 소리는 어느새 끊겨 버렸지. 세상이 멈춘 듯했어.

어디선가 본 듯한 곳.
언젠가 와 본 듯한 곳.
아, 나의, 우리의, 비밀 정원.

내가 정말 우리의 비밀 정원에 있는 걸까?

하늘과 땅은 구분 없이 맞닿아 있었고, 땅의 것이 하늘로, 하늘의 것들이 땅으로 자유롭게 드나들 수 있을 것만 같았어. 그리고 한 그루 나무가 있었어. 수 만 광년 전 우리가 이름을 새겼던 우리 나무. 그 나무와 흡사했어. 아니, 그 나무가 틀림없었어. 우리가 써두었던 표식을 찾기 시작했어. '여기 어디엔가 분명히 있어야 하는데' 이곳저곳을 아주 조심스럽게 더듬었어. 그리고는 팔을 크게 벌려 나무를 껴안았어. 껴안으면 알 수 있을 듯했어. 껴안으면 너의 손을 잡을 수 있을지도 모를 일이었어. 옛날처럼. 그 순간 누군가 속삭였어.

문득 어떤 생의 목소리가 긴 시간의 궤적을 거슬러 전해져 왔어.

"여기까지 잘 왔어."

순간 나는 나무에 붙어버린 듯 굳어졌어.

"두려워하지 마. 괜찮아. 괜찮아. 이젠 괜찮아."

심장이 뛰고, 눈물이 났어.

단념하였던 기억이 꺼내어졌어.
존재하지 않지만 존재했어.

초록은 파랑과 노랑이 섞여 만들어지고, 초록을 입은 나무는 파랑하늘과 노랑꽃이 만나 탄생되는 생명체이지. 초록은 안락한 그늘을 만들어 주고, 그 그늘 안에서 노랑꽃은 초록을 양산삼아 눈시린 해를 비껴 파랑하늘을 바라볼 수 있어. 초록이 아름다운 건 하늘의 마음으로 낮은 곳을 바라보기 때문일 테지. 초록이 위로가 되는 건 지친 날들 속에서 하늘을 볼 수 있다는 소망을 갖게 하기 때문일 테지. 오래 전 니가 지났던 길 위에 잠시나마 내가 서있어. 너는 비로소 존재가 되고 의미가 되었어.

숨이라는 건 그렇게 쉬어지는 거지.
이제 세상을 버틸 수 있어.
그것으로 되었어. 그것으로.

MUTE

잠시 세상 소리를 끄고, 마음 소리를 들어봐.

나무가 있는 정원을 가로지르니, 허름한 오두막이 나왔어. 지붕
이 빨간 오두막이었어. 오두막은 누군가 들어오기를 기다리는 듯
열려 있었어. 열려진 문틈은 대문과 정원을 통과한 사람이라면
누구든지 들어올 자격이 있다는 의미처럼 보였어. 문틈 사이로
홀리는 듯 스멀스멀 습한 공기가 새어나왔어.

어스레한 실내. 종이가 뜯겨져 나간 자국이 그대로 드러난 천정.
얼마나 엉성하게 지어졌는지 밟을 때마다 삐거덕 소리가 나는
바닥. 여러 번 덧칠해진 칠이 벗겨져 단층이 생겨버린 창틀. 어디
하나 온전한 데가 없어 보였어.

뒤틀어진 목재로 듬성듬성 못 자국이 나있는 벽을 등지고 핑크
색 소파가 하나가 놓여 있었어. 소파 옆, 케케묵은 탁자 위에는
둔탁한 컵들이 놓여있었어. 살면서 한 번도 들여다보지 않았을
낡은 것들이었어. 하지만 신기하게도 오래되어 낡은 흠들이 오히
려 이곳을 편안하게 하고 있었어. 컵을 만져보니 아직 따뜻했어.
소파에 깊숙이 몸을 밀어 넣고는 얕게 깔린 차를 한 모금 마셨어.

따뜻한 차가 목구멍으로 들어가니 살 것 같았어. 그제야 농염한 조도의 촛불주변, 어스름먼지가 부유하는 빛을 따라 저 멀리 연주를 하고 있는 두 사람이 보였어. 귀는 소리를 듣지 못했지만, 눈은 정작 소리를 보았어. 소리를 죽여야 소리가 들리는 이상한 소리였어.

허름한 공간은 가슴 울리는 비트와 소리로 지배되고 있었는데, 마치 심장이 연주하는 소리 같았어. 어떤 표현도 합당하지 않을 만큼 자애롭고, 순하고, 엄숙했어. 그 소리는 두 사람이 만들어내고 있었는데, 그들은 각기 다른 심장을 가진 것이 아니라 하나의 심장으로 피를 나누는 사람들 같았어. 그들이 뿜어내는 아우라는 내 눈을 소리가 아닌 이면, 돈도 명예도 아닌, 열정 하나만으로 중심을 잃지 않고 사는 삶으로 유도했어.

연주가 끝났지만, 난 박수조차 치지 못했어. 박수는커녕 숨조차 쉬어지지 않았지. 음악은 여전히 따뜻한 온기로 여운 되어 공기 속에 녹아 있었어. 한참 만에 입을 열었어.

"연주 정말 멋졌어. 이렇게 멋진 연주를 왜 여기서 숨어서 하고 있어? 많은 사람들이 듣고 박수도 쳐주고 하면 돈도 많이 벌 텐데."

"글쎄"

"글쎄?"

"응"

대답을 무척 기대한다는 표정으로 기다렸어. 이윽고 그중 남자가 대답했어.

"사람은 누구나 하루 세 끼를 먹고 살아. 만약 우리가 다섯 끼를 먹고 살아야 한다면 그렇게 하겠어. 돈과 명예같이 손가락 사이로 빠져나가는 것들을 최종 목적지로 삶을 소진하고 싶진 않아. 많이 가진 것을 내세우는 자들은 대게 내면이 공허하고, 외로운 사람들이 많지. 하지만 우리 두 사람은 음악으로 하나 되기에 외롭지 않고 충분히 따뜻하고 행복하거든."

열정은 가지려고 노력하는 것이 아니야. 열정은 무엇에 대한 지독한 편애지. 그 편애 안에서 세상 관객이란 존재는 무색해 지지.

음악과 필연에 대한 지독한 편애.
오로지 그대, 오롯이 우리.

허름한 오두막, 그곳은 열정이 소리가 되는 경이로운 현장이었어. 내가 알아 온 세상은 거기 없었어. '지금'이라는 세상 한 귀퉁이에 열정 하나만으로 사는 사람들이 있었던 거야. 세상을 쫓는 눈은 거기 없었어.

힘든 세상 전투에서 돌아왔을 때
기다리는 누군가가 있고,
정성스럽게 지어진 음식이 있고,
따뜻한 온기가 있는 곳.
힘들었던 일,
속상했던 일,
아린 상황이 이해되고,
안식과 평안이 왔어.

소파에서

나는 깊은 잠에 빠졌어.

나는 '우리'라는 힘을 믿어.

일어나 보니 층계참에 쓰러져 있었어.
'또 꿈을 꾼 것일까.'
올려다보니 계단이고, 내려다보아도 계단이었어.
'많이도 올라왔네.'
얼른 다시 오르려 하다가, 얼마동안을 그대로 층계참에 앉아 있
었어.
'급할 거 없잖아.'

한 번 돌아가는 층계참은 참 지혜로운 공간이야.
공간 활용이라는 건축학적 목적 외에 한 번 쉬어 간다는 현상학
적 배려가 크다고 봐.
지나온 것을 내려다보고, 앞으로 나아갈 것들을 올려다보며. 찬
찬히 숨 고르는 공간.

지나 온 내 계단들은 정신적으로 힘들었어.
층계참에 털썩 주저앉아,
지난 계단들이 트라우마가 되지 않기 위해
내 자신을 많이, 아주 많이 다독이고 보듬었어.

내가 멈추니, 시간도 멈추었지. 나아갈 방향을 찾지 못한 채 괴로움에 빠져 있었지. 말 한마디 내뱉지 못한 시간이었어. 뇌는 있으나 생각이 없고, 마음은 있으나 열정이 소진 된 상태. 소진의 결과는 탈진이었어. 전부를 쏟아낸 가슴에 오는 공허함은 질척이며 내리는 눈보다 더 축축한 한숨들을 만들었어.

시간이 얼마나 흘렀을까….

이제 다시,
흩어진 부산물들을 하나둘 집어 챙기고, 무뎌진 시간과 뭉뚝해진 불순물들을 털어내야 해. 시작한다는 것은 새로우나 아주 새롭지는 않아. 그것은 단절 다음에 오는 것이 아니라, 그저 쉼 다음에 오는 일어섬이니까. 여전한 방식의 일어섬이며 단지 방향을 달리할 뿐인 거지.

어떤 순간에도 그 목소리를 잊지 않을께.

"두려워하지 마.

괜찮아, 괜찮아, 이제 괜찮아."

4장

평범한 오늘을 특별하게 만드는 사람

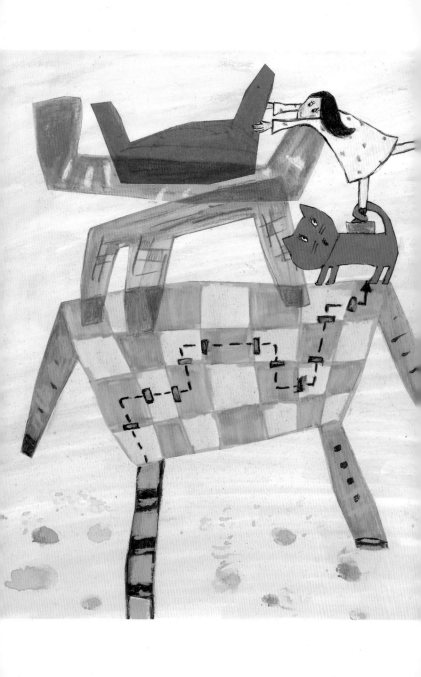

네가 좋아하는

빨강 테이블을 가져다 놓을 거야.

오직 하나라는 가치.
생애 단 한 번의 가치

생은 선택의 연속이야.

우리는 사람을, 길을, 일을, 선택하면서 살고 있어.

삶에서 선택이란 필수불가결한 요소지.

선택을 할 때 가치란 참 중요해.

가치는 우선순위에 의해 매겨져.

내가 왜 이것을 하고자 했나.

무엇이 내게 가장 중요한가.

내가 가장 잘 할 수 있는 일은 무엇인가?

등등에 따라 달라져.

가치를 매기는 데는 조건이 있어.

가치는 시간에 정도가 반비례한다는 거지.

여러 번이면 가치는 떨어지게 마련이야.

여기도 있고, 저기도 있고 하면 뭐가 소중하겠어.

그냥 아무거나 하나 집으면 되지.

최상의 가치는, "생애 단 한 번"이란 타이틀을 갖는 거야.

"생애 단 한 번"

너무 많으면 말로 표현하기 힘들지.

말할 수 있다는 건 그것 밖에 없다는 뜻일지도 몰라.

필연은 가슴속에 담아둔 것이 많아 말로 꺼내기 힘들고,

유일무이한 존재이므로 "이거다!" 라고 말 할 수 있는 거야.

생은 누구를 만나느냐에 따라 길이 바뀌게 되어 있어.

길이 바뀌면 결과도 바뀌게 돼.

누구와 함께 갈 것인가.

판단에는 그리 긴 시간이 필요치 않아.

은연중에 튀어나오는 무의식적 행동에서 판단할 수 있어.

누구와 잠시라도 함께 했을 때, 많이 망설여지고 언성이 높아지는 경우가 있다면, 그 길은 선택하지 않아야 돼. 맞추어간다는 것은 말이 쉽지, 많은 에너지가 들어. 한 번 상한 맘은 풀리기보다는 누적으로 이어지게 되지.

사람은 저마다 각기 다른 천성을 갖고 태어나.

그래서 필연은 따로 있다 하는 거야.

억지로 맞추려 하지 말고 필연을 찾아.

필연은 대체될 수 없는 절대 존재야.

필요할 때 쓰여 지는 밴드나,

시장기를 잠시 매우는 컵라면이 아니야.

그런 건 그냥 지나가는 거지.

내가 배고프더라도,

내가 불편하더라도 선택하는,

태어나기 전부터 나에게 딱 맞춰진 존재이지.

그래서 하나인거지.

여러 개는 의미 없어.

오직 하나.

남꺼 아닌,

진정 내꺼.

이뿐 하늘은 많지만,

내 하늘은 하나야.

네가 오면,

우리는 턱을 괴고 서로를 바라 볼 거야.

눈 마주치며

손 마주잡고

소곤소곤

우린 영혼이 닮았어.

보고 있으면 자꾸 웃게 되는 그런 사람 있지?!
너무 사랑스러워 어디서 뚝 떨어졌나 싶은 사람,
이유 없이 땡기는 사람 있어.
동족의 느낌이랄까.
평범한 오늘을 특별하게 만드는 사람.
꽂히는 사람.

어둑어둑 어두웠어. 비가 오고 있었지. 가로등 옆 지붕 밑에서 비를 피하고 있던 중이었어. 젖은 몸을 털고 조금 서있으려니, 어떤 한 친구가 자박거리며 내 옆에 와 섰어. 풍경이 울렸어. '딸랑'

"안녕, 나야 나!"

뭐 잘못 들었냐는 듯 둥그레진 눈으로 그 친구를 쳐다보았어. 하얀 친구였어. 너무 하얘 어둠 속에서도 눈부셨지. 순간 바빴던 내 심장이 소리를 죽였어.

내가 살짝 움직이자 그 친구가 살짝 스쳤어. 내 몸이 그 친구 몸에 살짝 겹쳐졌지. 수 만 광년 전부터 알았던 친근함이었어. 나른한 저녁 잠시 숨 고르며 마시는 달달한 코코아 맛이랄까. 따뜻한 기운, 스멀스멀 살갗을 간질거리는 기척, 그것은 좋은 느낌이었어. 무언가 무언으로 감지되는 교감, 그것은 참 좋은 느낌이었어.

찌릿찌릿 찌르르……. 감전되었어.
인생에는 운명이 되는 한 순간이 있어.
서로에 대한 강한 끌림으로 시작되는 순간.

자석이 되는 순간.

두 영혼의 무늬를 확인하는 순간.

비로 흐르던 두 영혼이 마침내 한 줄기가 되어,

새로운 도랑을 만드는 순간.

"우리 어디서 만난 적 있었나?"

내가 물었어. 그 말을 할 때, 내 눈은 어느 때보다 가장 빛났을 거야.

"글쎄. 아마 오래전 네가 있었던 그 곳."

나는 무언가를 알고 있다는 듯이 고개를 끄덕였어. 우리의 비밀 정원에서 오랜 시간 함께 새겼던 무늬들이 그렇게, 그렇게 물처럼 흘러 굽이굽이 강을 지나 마침내 여기에 다다른 걸까.

나는 진실스런 행동을 신뢰하지 않아. 진실은 즉각적인 판단이 유보되고, 정확을 위한 시간이 필요하지. 호들갑스럽거나 눈물을 흘리거나 하는 등의 과장된 행동에는 오히려 굉장히 냉정해져.

우린 많은 말을 한 건 아니야. 그저 눈빛을 주고받았을 뿐이지. 하지만 말이 없단 건 많은 얘길 하고 있다는 의미가 될 때가 있어. 어떤 가식도 필요치 않는 진짜 우리였어.

우리는 닮았어.

영혼이 닮았어.

영혼이 닮았다는 건 영혼의 무늬가 닮았다는 의미겠지. 아주 오래 전, 탄생 이전부터 서로에게 새겼던 무늬가 각인되어 습관처럼 무의식적으로 튀어나오는 거야.

영혼의 무늬가 닮았다는 건 코드나 취향이 같은 거랑은 달라. 난 빨강을 좋아하고, 넌 파랑을 좋아할 수 있어. 영혼의 무늬가 닮았다는 건 종류의 문제가 아니야. 감정의 문제지.

내가 슬프면 같이 슬프고, 내가 화나면 같이 화나는 거야. 내가 화나는 일에 아무렇지도 않다거나, 내가 미치도록 좋은데, 그렇지 않다거나. 그건 영혼의 무늬가 다른 거야.

영혼이 같은 사람은 절대로 상대가 싫어하는 일은 하지 않아. 경험이 없어도 얼마나 싫은 지 알 수 있거든. 서로에 대한 공감 능력이 뛰어나지.

말이 통하고, 눈빛만 봐도 서로의 맘이 읽혀져. 무슨 일인지 잘 알지 못하더라도 막 이해가 되는 거야.

그렇지만 주의해. 영혼의 교감은 절대 일방적으로 이루어질 수 없어. 그건 영혼이 닮은 두 생명체간에서만 이루어지는 거야. 나는 영혼이라 생각했는데, 상대는 건성인 경우가 허다 해.

비가 그치자, 나는 나의 길로, 너는 너의 길로 갔어.
어떤 특별한 약속을 하진 않았어.
어디선가 반드시 다시 만날 수 있을 것 같았거든.
몇 발자국을 떼더니, 하얀 친구가 뒤를 돌아보며 말했어.

"노랑꽃이 만발하며 다시 올게. 내가 오면 풍경이 울릴 거야.
"응. 또 만나. 하얀 친구."

우리는 다만, '지금'이라는 세상에 혼자가 아니라,
오래전 함께 했던 필연이 함께한다는 사실을 가슴에 담았어.

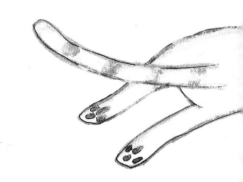

밤에만 반짝이던 별이 낮부터 서성거려.

오죽하면.

가끔은 알지 못해도 이해할 수 있어.

우리는 심장의 결이 같아.

종일 아이스크림을 빨고 있는 여자를 만났어. 얼굴이 검고, 덩치가 웬만한 남자들 보다 큰, 거구의 여인이었어. 긴 머리가 아니었으면, 나는 그녀를 남자로 보았을 거야.

"아이스크림이 그렇게 맛있어?"
"맛있어서가 아니라, 차갑기 때문이야. 내 몸이 너무 뜨겁거든."

그녀는 목소리도 꺽꺽거리는 남자 같았어.

"뜨거워?"
"응, 언제나 내 몸은 펄펄 끓고 있는 용광로 같았어. 그래서 뜨겁게 사랑을 했지. 하지만 그는 내가 너무 뜨겁다며 떠나버렸어. 열정이 너무 지나쳤다나. 그 뒤부터는 계속해서 나는 아이스크림을 빨고 있어. 내 뜨거움을 식힐 길이 없기 때문이야."

그녀는 초코아이스크림을 특히 좋아한다고 했어. 떠나간 남자를 생각나게 한다나. 그녀가 갑자기 괴로운 듯 고개를 흔들었어.

심장의 결

"내가 그리 뜨겁게 사랑해줬는데, 그는 왜 나를 떠나갔을까."
그러면서 그녀는 더욱 열렬히 아이스크림을 빨았어. 그가 떠난
건 필연이 아니기 때문이지. 그러니 미련을 두거나 슬퍼할 필요
가 없어. 필연은 열정의 온도가 같아. 심장의 결이 같다는 얘기
지. 서로 다른 개체가 만나 사랑을 이루려면, 열정의 온도가 같아
야 해. 열정의 온도는 무언가를 좋아하는 마음의 정도를 말해. 무
언가를 보고 설레는 정도에 따라 심장이 뛰는 속도는 달라져. 많
이 설레면 심장이 빨라지고, 설레지 않으면 평상시와 같겠지. 심
장이 움직이면 열이 날 테니, 심장의 뛰는 속도와 힘에 의해 생명
체의 온도는 올라갔다 내려갔다 할 테지. 그 정도가 열정온도야.

그런데 심장의 빠르기는 심장에 새겨진 무늬가 결정한대. 결이
깊고 단순하면 힘 있게 뛰고, 결이 잘고 얕으면 심장의 힘은 그만
큼 줄 거야. 심장의 속도는 심장의 결에 따라 달라지고. 열정온도
는 심장의 속도에 따라 달라진다는 말이지. 그러니 열정온도가
맞는다는 것은 심장의 결이 같다는 의미겠지. 서로를 보고 심장

이 뛰는 정도가 같다는 말인 거고, 그건 심장의 결이 같다는 말인 거지. 그러니깐 결론은 심장의 결이 열정의 온도를 결정한다는 말이지.

사람마다 얼굴이 다르듯, 심장의 결도 다르겠지. 심장의 빠르기 는 누구를 만나느냐에 따라, 어떤 결이냐에 따라, 사람마다 다 다 른 거야. 심장의 결은 하루아침에 뚝딱 만들어지는 것이 아니야. 심장이 엄마 뱃속에서 결정되는 것이라고 생각하겠지만, 그건 탄 생 이전, 수 만 광년 전부터 인식되고 각인 되었던 기억들이 새겨 져 만들어 진 거지. 기억이 같으면 결도 같아. 그러니 수만 광년 전에 함께 한 인연, 필연끼리는 당연히 심장의 결이 같겠지.

때문에 사랑도 열정 온도가 맞는 사람끼리, 필연끼리의 사랑이 궁합이 맞는 거야. 그것이 그것 되게 하는 고유한 온도. 끊임없이 형태를 바꿔어도 한 곳을 향해 내 안의 너와 함께 하는 온도. 이 것이 맞아야 해. 나는 잘 숙성된 와인을 원하는데, 너무 뜨거우면 그만 포도 주스가 되어버려. 물을 끓어야 커피를 내려지는데, 미 지근하면 커피 알갱이는 제대로 풀어지지 않겠지. 온도가 맞지 않는 잘못된 만남은 서로를 피곤하게 하고, 종국에는 악연이 돼.

심장의 결이 같으면, 서로 싸우지 않고 더욱 부드럽게 서로에게 녹아들게 되지. 온도가 맞으니깐. 결이 같으면 한 마음이 돼. 심장의 결이 같은 이들에게 정서적 단절감은 있을 수 없어. 서로를 비난 하거나 모욕하는 일이 없지. 상대가 내 뜻대로 되지 않는다고 비난하거나 모욕하는 건, 그건 세상적 욕심이지 진정한 인연도 사랑도 아닐 테지.

강요나 억지는 부작용이 있고 생명도 짧아. 설혹 잠시 가질 수 있다 해도 무슨 의미가 있겠어? 진정 내 것이 아닌데. 내키지 않거나 갈팡질팡 하는 것을 잡거나 절대 강요하지 말아야 돼. 아무리 맘에 들어도, 아무리 노력해도, 필연이 아니면 진정 내 것이 되지 않아.

길을 가다 바꿀 수 있는 대상은 안타깝지만 필연의 대상이 아니야. 아닌데도 맞는다고 자꾸 우기거나 착각하면 삶이 불행해져. 살면서 가짜 열정의 대상이 되거나, 가짜에게 열정을 투자하는 우는 범하지 말아야겠지.

필연은 떠나지지 않는 인연이야.

필연은 절로 간절하게 되어 있어. 곁에 있어도 그립고, 눈 맞추
고 있어도 보고 싶어. 그렇기 때문에 아무리 떠나려고 해도 떠나
지지 않아. 영혼의 무늬가 같고, 심장의 결이 같은 필연은 저절로
서로 오고가.

수 만 광년 전에 새겨진 돋을새김,

오랜 시간이 흘러도 내 사람.

언제나 진짜 내 사람.

네가 나에게 오고

내가 네게 가.

내 마음이 네게 가고,

네 마음이 나에게 와.

필연은 '너가 곧 나'라는 느낌이야.

기나 긴 생의 여정에서,

필연을 만나는 것은 진정 축복일 테지.

그러니 "이 사람이다." 라는 느낌이 오거든 절대 놓치지 마.

우리 무늬

설레게,

행복하게,

때로는 아프게,

마음에 새겨진

영혼 무늬.

가슴에 새겨진

심장 결

어느새 눈부신 그림이 되었어.

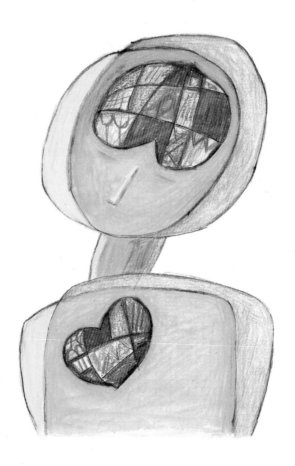

5장

나를 단단하게 만들어야 해

한 땀 한 땀

정성을 들여.

예쁜 꽃을 수놓아서

테이블보도 만들어야지.

그러면 온통 꽃밭이 될 거야.

유혹을 이겨내는 건,

신이 필연에게 준 가혹한 숙제야.

쥐를 만난 건 저녁 9시 33분이었어. 비가 오고 어두웠지. 혹시나 그 날처럼 하얀 녀석을 만날 수 있을까 하고 그 곳에서 서성거리고 있었어. 가로등 불빛 비치던 그곳 말야. 이날따라 풍경은 울리지 않았어.

쥐는 자기 몸집보다 큰 치즈를 이리저리 굴리고 있었어. 가로등 불빛은 쥐가 가진 치즈를 훨씬 크고 하얗게 보이게 했어. 빛에 비친 치즈는 우유빛 섬광처럼 하얀 친구를 더욱 생각나게 했어.

'잘 있을까? 어디에 사는지 확실히 알아둘 걸.' 선연히 목소리가 들리는 것 같았어. 그러는 사이, 쥐가 옆으로 왔어.

"뭐하고 있니?"

쥐가 말을 붙였어.

"멋지네."
"뭐가?"

나는 쥐와 쥐의 손에 들여진 치즈를 번갈아 바라보며 물었어. 마침 배가 고프려던 참이었거든. 나도 모르게 침을 꼴깍 삼켰어.

"비를 맞고 있는데도 전혀 움츠려들지 않고 있잖아. 지금 너."
"아…."

나는 다시 한 번 치즈를 흘깃 쳐다보았어. 쥐와 이런 저런 얘기를 나누었지. 쥐에게 하얀 친구와 함께한 순간을 얘기 했어. 얼마나 설레고 심장이 뛰었는지 모른다고. 물론 쥐에게 느끼는 것처럼 바꾸어 얘기했지. 마치 쥐에게 빠진 양 말이야. 쥐에게는 치즈가 있었거든. 어쩌면 그 순간, 눈앞에 있는 쥐가 하얀 친구였으면 하는 바람이었는지도 모르겠어. 어쨌든 쥐는 완전 내게 반한 듯 했어.

도대체 무슨 생각으로 쥐의 끈적거리는 아파트까지 따라갔는지 모르겠어. 쥐는 붉은 포도 물을 내어왔지. 포도 알로 만든 거라나. 포도로 만들었는데 전혀 달지 않았어. 무척 건조하고 떫떠름했지. 아픈 머리를 부여잡으면서 눈을 뜬 건 다음날 해가 중천에 뜬 늦은 아침이었어. 내 옆엔 쥐가 자고 있었지. 팔다리를 벌리고 수술대에 누워있는 시커먼 실험용 쥐 같았어. 가까스로 좁은 침대에서 기어 나와 가방을 주섬주섬 챙겼어. 나는 잊지 않고 탁자 밑에 있는 치즈를 들고 밖으로 나왔어. 밖은 햇살이 눈부셨지. 치즈는 늦은 아침으로 먹기엔 아주 적당했어. 배가 채워지자 이내 허무함이 몰려왔어.

아무리 생각해도 유혹은 허무해. 아무것도 남는 것이 없어. 고약한 냄새 말고는. 치즈는 맛있었지만, 내 손에는 정체불명의 퀴퀴한 냄새가 남았어. 그 냄새에 나는 어딘가 모르게 아파왔어.

"그대, 왜 그렇게 살고 있어? 응!"

그대 내게 오는 길이,

내가 네게 가는 길이,

매 순간 마주치는 것들에게
감사의 마음을 전할 수 있기를,
스치는 하찮은 것들을 귀히 여길 수 있기를,

가로막는 손길에게
회심의 미소를 보낼 수 있기를,
소심함 때문에 불안해하지 않기를,
두려움으로 뒤로 물러서지 않기를.

필연은 예정되어 있지만,

그것을 찾는 과정은 보다 더 간절해야 해.

생각했어.

간절히 바라는 것이 무엇일까.

지금 이 순간, 나는 하얀 녀석을 만나고 싶은 생각뿐이야.

하지만 망설여져.

과연 내가 세상의 달콤함을 이길 수 있을까.

기나 긴 생의 여정에서, 필연을 감지했다는 것은 축복이야.

이는 느닷없이 눈앞에 다가올 수도 있고,

어쩌면 이번 생에선 보지 못할 수도 있어.

아예 알아보지 못하고 지나칠 수도 있단 말이지.

우리는 생각조차 못 하는데다, 아예 알려고도 하지 않잖아.

필연은 한 순간 별안간 찾아드는 우연이 아니야.

간절함을 향한 기꺼운 포기와 선택들이 만들어내는 운명이지. 뭐든지 가치 있는 건 어렵게 되어있어.

어두운 것은 밝히고, 닫힌 것은 열고, 그러기를 반복하면서,

그렇게, 그렇게, 올곧게 가다보면 필연은 기적같이 와.

어느 예상치 못한 날에 소낙비를 만나듯이.

운명이 운명대로 되지 못하는 건, 모두 우리 욕심 때문이야.

성공하고 싶은 맘이 크다보니, 소중한 것이 잘 안 보여.

세상이 각박해 지다보니, 사랑도 각박해 져.

우리는 어쩔 수 없이 어떤 목적에 의해 사람을 만나.

어쩔 땐 사랑도 그래. 필요에 의해 사랑하지.

물론 그건 진짜가 아니야. 사랑인 척 하는 거지.

무엇이 필요한데 누군가 그것을 가지고 있으면 달콤해 져.

그건 마치 독이라는 꿀을 바른 막대 사탕 같지.

하지만 필요에 의한 관계는 유효기간이 있어.

필요가 사라지면 효력도 상실하지.

그것만 채워주면 사랑을 얻을 거 같지만, 모든 것은 변해.

필요가 사라지면, 사랑도 증발해.

빈 독에 물 붓는 어리석은 일이 되고 말아.

간혹 타이밍을 운명이라고 착각해.

때가 맞아서라며, 상황이 적합해서라며,

사랑을 쉽게 만들면서 자신을 합리화시키지.

이게 운명인거 같다고.

그치만 말이야, 그건 쉬워서 넘어가는 거야.

쉽게 얻으려 하지 마. 쉬운 건 유혹이야.

딱 맞춰 진 것처럼 보이는 건, 그건 유혹이야.

외롭다고 아무나 취해선 절대 안 돼.

잠시 좋을 수는 있어도, 큰 스트레스와 불행을 가져올 수 있어.

무엇보다 소중한 걸 잃을 수 있어.

필연에게 가는 일을 미루고 세상 필요와 유혹을

다 섭렵하면서 '간절하다'라고 말할 수는 없어.

세상 불장난에 필연을 불태우는 짓은 치지 마.

그건 세상에서 가장 잔혹한 짓이야. 암, 그렇고말고.

사랑을 쉽게 만들지 마. 제발.

필연은 간절히 원하는 거야.

힘들어도 만드는 것,

그럼에도 불구하고 되게 하는 것

그것이 필연이야.

어떤 상황에서도 간절히 원하는 걸 잊지 마.

인생 숲에서 길을 잃지 않으려면, 간절한 걸 쫓아.

하고 싶은 일에는 방법이 보이고,

하기 싫은 일에는 변명이 보인다고 했던가.

간절하면 방법이 보여.

결국 어떤 일의 성사는 얼마나 능력이 있느냐가 아니라,

얼마나 간절 하느냐에 달려있어.

능력도 간절함에서 나와.

시간은 절박함을 메우는 과정이고,

결과는 간절한 시간들의 합이지.

우리가 죽도록 노력해도 세상에서 제일 부자는 될 수 없지만,

무언가를 위해 올곧게 한 길을 걸어 가다보면

세상에서 제일 행복한 사람은 될 수 있어.

필연을 지킨 선물은 행복이고.
필연을 저버린 대가는 불행이야.

우리는 진짜랑 진짜 사랑을 해야 해.

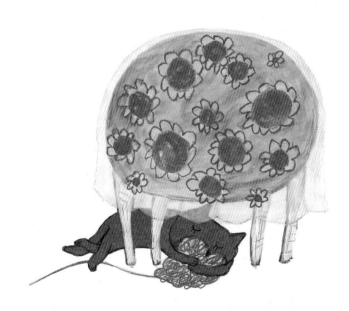

포기하지 않아야 해.

길바닥에 기어 다니면서 그림을 그리고 있는 달팽이 꼬마를 발견했어. 햇빛이 머리 꼭대기에서 내리 꽂아 그림자가 거의 없어진 뜨거운 오후였지. 따가운 햇볕과 있을까 말까할 정도의 짧은 그림자들이 오묘하게 섞여 그 사이를 꼬마가 느리게 나타났다, 사라졌다 했어.

"왜 여기서 그림을 그리고 있니?"

"쫓겨났어."

"쫓겨났다구?"

"응. 얼마 전까지는 떡갈나무 잎 시원한 그늘 밑에서 그림을 그렸어. 헌데 그늘이 시원하니깐, 하나 둘씩 다른 친구들이 모여들어서 번잡해 졌지. 그랬더니 떡갈나무는 이제부턴 돈을 받고 그늘을 빌려 주겠다 했어. 난 돈이 없기 때문에 그늘 밑에선 더 이상 그림을 그릴 수 없었어."

말이 끝나기가 무섭게 꼬마는 면을 다시 칠해 나갔어.

"아직 멀었어?"

"아직."

힘을 빼고 속도를 조절하면서

"꼭 완성해야 해?"

"시작을 했으면 끝내는 건 당연한 거야. 왜 당연한 걸 완성이라 말해? 더구나 다 칠해 놓은 그림은 아름다울 뿐더러, 나에게 행복을 만들어 줘."

"뜨거운데 힘들잖아."

"뭐든지 힘들어."

나 같으면 쫓겨난 그 날로 털썩 주저앉아 그리기를 멈췄을 거야. 헌데 꼬마는 꼬마인데도 멈추지 않아. 간절함을 버리지 않는 모습이랄까. 낙담 했을 때 포기 하지 않고 계속 나간다는 것은 소중해. 그것은 간절함을 이룰 수 있는 가능성을 함축해. 포기하지 않는다고 바라는 것을 전부 이룰 수는 없지만, 끝까지 가야 원하는 걸 만날 수 있어. 일단 만나야 이루지. 실패란 포기를 일컫는 말이지, 인내하며 끝까지 간다면 그것은 단지 힘든 과정에 불과해.

완성은 내가 선택한 길에 대한 책임이야. 포기하지 않고 끝까지 가는 거. 그게 완성이지. 내가 선택한 걸 책임지는 것은 당연한 거야. 그래서 완성을 완성이라고 말하는 것은 적합하지가 않아. 완성을 또 완벽으로도 착각해선 안 돼. 그러니 완벽하려고, 너무 잘 하려고 애쓸 필요는 없어. 힘을 빼고 속도를 조절 하면서 끝까지 나아가.

이룬다는 것은 세상없이 달콤하지만 잔인하기도 해. 이룬다는 것은 이루는 것이 아니라 이루어 내는 것이야. 이루는 과정은 생각처럼 그리 녹녹치 않거든. 수많은 상상과 행동이 시행착오를 거치고 거듭나면서 다시 태어나게 되는 거지. 이룸은 희생과 노력의 공정한 대가지.

이룸에 있어 첫 마음을 끝까지 잊지 않는 것도 중요해. 간절한 초심을 영원한 단심으로 키워나가야 해. 운명이 온갖 희로애락을 유발한다면, 필연은 그 희로애락의 정점에서 만들어져.

무엇이든 마음에 달려있지. 희망을 품고 믿음으로 다가가면 운명은 조금씩 열려. 우리에게 다가오는 운명을 시나브로 움직여봐. 비록 한낱 환상 같은 감정일지라도, 자신을 한 번만이라도 걸어 봐.

간절해서, 믿음을 저버리지 않아서, 포기 하지 않아서,

세상을 사는 우리들의 초상은 어둠 속에 있지만,

그래서 눈부시게 빛나는 거야.

나를 단단하게 만들어야 해.

발밑이 간질간질 했어. 밑을 보니 돌 틈 사이로 어제까지 없던 구멍이 나 있었어. 더 자세히 보니 무언가가 꼼지락거렸어. 나는 구멍에 대고 말했어.

"그 속에 누구 있니?"

대답이 없었어.

다음 날 다시 가봤어. 구멍이 더 커진 듯 했어. 이번에는 노르스름한 것이 코딱지만하게 보였어.

"그 속에 누구 있지?"

아무 대답이 없었어.

밤새 비가 왔어.
다음 날도 종일 비가 왔지.
비가 그치자,
다음, 다음날 다시 갔어.

그랬더니 세상에나

돌 틈 사이로 노란 꽃이 빼꼼 나와 있었어.

"너였구나!"

"응. 반가워"

"너 거기서 무얼 한 거니?"

"밖으로 나오려고 애쓰고 있었어. 나는 바람에 날려 그만 돌 틈으로 떨어지고 말았어. 다시 땅 밖으로 나가기를 간절히 소망했지. 땅 밖에 내 친구가 있었거든. 하지만 헛수고였어. 아무리 올라가려해도 커다란 돌 때문에 조금도 움직일 수가 없었어. 그래서 온몸으로 조금씩, 조금씩 돌덩이를 밀었지. 처음엔 꼼짝도 하지 않았어. 그래도 계속 밀었어. 그랬더니 돌이 이렇게 끈질긴 녀석은 처음 보았다며 내가 지나갈 자리를 조금 비켜주더군. 겨우 빠져나오나 했는데, 이번에는 이빨이 많이 달린 벌레가 내 몸을 갉아먹기 시작했어. 이제 죽었구나 생각했지. 하지만 포기하지 않고 녀석들의 이빨이 내 몸에 들어가지 못하게 몸에 힘을 잔뜩 주었어. 그랬더니 벌레는 도저히 못 먹겠다, 며 가버렸지. 그런데 이번에는 비가 왔어. 와도, 와도, 너무 많이 왔지. 물이 차올라 그만 내 얼굴을 덮어버렸어. 난 숨을 쉴 수가 없었어. 그래서 있는 힘껏 발길질을 했지. 또 하고, 또 하고 했어. 그랬더니 내 발이 점점 자라며 길어지기 시작하더군. 이윽고 땅 밖 세상이 보이더라구. 결국 나는 땅 밖으로 다시 나올 수 있게 됐어."

순간, 바람이 세게 불었어. 나는 휘청 했지만, 노랑이는 끄떡없이 여유 있게 씩 웃었어.

"이젠 아무리 센 바람도 날 날릴 수 없어. 난 무척 단단해졌거든."

소망으로 단단해진 세월을 한 순간 스치는 바람이 이길 수 없어. 내가 단단하면, 나를 흔드는 주변은 아무것도 아닌 게 되지. 비온 뒤, 땅이 더 굳어지듯이, 힘든 날들이 있었기에 더욱 단단해진 오늘의 내가 있는 거겠지. 힘든 시간은 열매를 위한 뿌리가 돼.

묵묵히, 끊임없이 움직여.
가슴은 뜨겁게, 간절하게, 사무치게.

노랑꽃 나란히 한 쌍
척박한 돌 틈 사이 비집고
여기까지 오느라 애썼어.

좁아터진 땅,
뜨거운 열기,
숨 쉴 수 없는 목마름,
척박한 환경에서도
가녀리지만 꾸역꾸역 피어나는 너.
여기까지 와 줘서 고마워.

소망은 꽃으로 핀다.

보이는 것만 보지 말고, 가능성을 봐.

보이는 것만 보지 마.

난 땅 밑에 무언가가 분명 있을 거라 믿었지.

아무것도 아닌가보다 여겨 지나쳤다면, 난 노랑꽃을 만날 수 없었을 거야.

어떤 것을 볼 때, 지금 눈에 비춰지는 형상만을 보지 마. 다르게 변화될 수 있는 가능성을 보는 건 중요해. 현재 형상에 추구하는 모습으로 변화했을 때의 모습을 겹쳐 보는 거지. 단순히 본다는 행위를 넘어, 매 순간 꿈꾸고, 생각하고, 노력한다는 의미지.

지금은 비록 보잘 것 없어도.

지금은 비록 남루해도.

눈을 가늘게 뜨고 다르게 보기.

현재의 것에서 현재와 다른 어떤 가능성을 끄집어내기.

잠재된 가능성을 보는 것은

비전을 갖게 하고, 무언가를 강렬히 원하게 만들어.

더 적극적으로 움직이게 하고, 간절히 가기 위한 방법을 찾게 하지.

고민하고,

걷어내고,

버리고,

담고,

보이는 것이 다가 아니야.

보이는 저 너머를 봐.

그곳에 니가 찾는 필연이 있어.

6장

이제 눈물 없이
웃을 일만 있을 거야

편지는 어디쯤 가고 있을까?

숲 속에서 길을 잃은 건 아니겠지?

바람이 불어 나무에 걸린 건 아닐까?

장난꾸러기 새가 물어갔으면 어떡하지?

별이 있어

깜깜한 밤에도 꽃은 외롭지 않았어.

꽃은 알까?

자신이 있어 별도 외롭지 않았다는 걸.

내가 사랑 받았듯이,

나도 한결같은 모습으로 비추는 별꽃이고 싶어.

그는 잠들지 못하는 병에 걸렸어

파란 병을 가지고 있는 남자를 만났어. 베르테르라 했어. 연미복을 입고 있었지. 연미복도 파랬어. 그가 가지고 있는 파란 병에선 누군가를 그리는 열망과 절망이 동시에 뿜어져 나오는 거 같았어. 나는 파란 병이 무엇에 쓰는 물건인지 무척 궁금했지만, 그의 얼굴이 너무 슬퍼 보여 말조차 걸 수 없었어.

그는 허공에 대고 절규했어.

"정말로 견디기 힘든 밤이었어. 너의 목에 매달려서 마음껏 눈물을 흘리고, 가슴에 밀어닥치는 감정을 맘껏 털어놓고 싶어. 나는 혼자 모든 것을 견뎌야만 해."

그는 곧 죽을 것처럼 끝없이 흐느꼈어. 그의 눈은 몇날 며칠을 잠 못 이룬 듯 퀭했어.

"나의 한 밤은 한 낮이고, 밤새 풍선처럼 부풀다가 새벽녘이 되어서야 더 이상 참지 못하고 너를 만져. 극도로 예민하고 따뜻하게, 지나치게 격렬하고 부드럽게, 데일 듯이 뜨겁고 베일 듯이 차갑게, 나의 살은 공기 속으로 퍼져서, 산을 넘고, 우주를 건너, 너의 살로 전달돼. 동이 트고 밤이 낮에 되어도 그 촉감은 절대 사라지지 않지. 이러다가 나는 영원히 잠들지 못할 거 같아."

늘 깨어있는 다는 건 생명의 빛일 수도 있고, 죽음의 덫일 수도 있어. 잠시라도 잠들 수만 있다면 잊을 수 있는데, 잠들지 못하고 깨어있다는 건 영원히 잊지 못하는 고통스런 현실이지. 잠들지 못하는 병은 잊을 수 없는 병이야.

수만 광년 전에 지녔던 어떤 특별한 에너지가 그들을 다시 우주의 시간 안에 가져다 놓은 거지. 필연의 시간은 세상 속에 있지 않아. 시간이 간다 해도 필연은 과거가 현재가 되는 불멸이지. 늘 깨어 있기 때문이야. 사로잡혀 잠들지 못하기 때문이야. 필연의 시간은 우주 안에 있어.

그는 연신 눈물을 파란 병에 담고 있었어. 파란 병은 그의 눈물로 가득 찼고, 조금만 더 차면 뚜껑을 닫을 수조차 없을 것 같았어. 파란 병이 빛을 받으니 잠시였지만 보석처럼 빛났어.

눈물이 담긴 파란 병은 묵직했을 테지만, 둔탁해 보이지는 않았어. 얼음에 부딪히는 쳇소리와 같은 청명함과 끊어질 듯 말 듯 질긴 고무줄 같은 탄성을 지닌 듯 했어. 실은 그의 눈물이 그럴 것 같았어.

"영원히 잠들지 못할 거라면 차라리 죽는 편이 나아."

그가 말했어. 실제로 그는 금방이라도 죽을 것만 같았어.
나는 들릴 듯 말 듯 조심스럽게 말했어. 말 붙이기가 겁났지만,
이 말만은 꼭 해야 할 것 같았어.

"베르테르, 넌 이 파란병 속에 니가 살면서 흘릴 눈물을 모두 다
담았어. 앞으로 너에겐 눈물 없이 행복한 일만 있을 거라고. 널
절망케 한 그 여인을 다시 만난다면, 너와 그 여인은 눈물 흘릴
일 없이 행복할거라고. 그러니 제발 이제 그만 눈물 좀 거둬."

그가 눈물 없이 진정 행복했으면 하는 바램이었어.

죽도록 사랑하는 사람과 이어질 수 없다는 절망의 크기는 얼마
나 될까?

오래전,
수 만 광년 전,
너와 난 이미 그만한 눈물을 흘린 건 아닐까.

나는 내 그리움에게 나지막하게 속삭였어.

"우리가 흘릴 눈물은 이미 그 때 다 흘렸어.
너와 내가 튕겨져 각기 다른 곳에 떨어졌던 그 때.
이젠 다시 만나면 눈물 없이 웃을 일만 있을 거야."

그렇게, 그렇게 속삭였어.

하늘은 희망이야.

언덕을 오르니 그림을 그리고 있는 젊은 남자가 있었어. 그는 반대편 언덕 위 하늘을 뚫어지게 바라보고 있었어. 그의 앞에는 나무 거치대가 있었는데, 캔버스를 얹어놓는 도구라 했어. 그의 캔버스는 파랑이 반쯤 칠해져 있었어. 파랬지.

"뭘 그리고 있니?"

그는 대답하지 않고 파랑만 칠하고 있었어.

"왜 파랑만 칠하고 있는 거지?"
"날아가려고."
"날아?"
"파랑을 보면 날수 있을 것 같거든"
"그러면 그냥 파란 하늘을 보면 되잖아."
"아냐! 그건 안 돼."

그의 붓질은 더욱 거칠고 빨라졌어.

"살려야 해. 살려야 해."

붓질을 하면서 그는 연신 이 말만을 내뱉고 있었어.

그의 하늘은 맘대로 날아오를 수 있다는 의미. 맘대로 갈 수 있다는 의미 같았어. 하늘 길 아래 펼쳐진 신비롭고 환상적인 파랑과 누구와의 가슴 벅찬 만남을 의미하는 듯 했어. 바로 희망이었던 거지. 어떤 제약도 방해도 받지 않는 무중력의 공간, 완전한 해방의 공간, 생과 사가 구분이 안 되는 저 멀리 우주까지의 공간.

"살려야 해. 살려야 해."

그렇게 말하는 그의 눈은 번쩍이는 빛처럼 왔다가 순식간에 사라지는 찰나의 순간까지도 다 삼켜버릴 만큼 번뜩였어. 그는 절대적으로 믿는 거 같았어. 누군가를 살릴 수 있다고.

해가 지고 있었어. 파랑이 붉은 색으로 변하고 있는데도 그는 파랑만 칠하고 있었어.

"언제까지 있을 거야?"

내 말을 들었는지, 못 들었는지 그는 계속 처연하게 붓질을 하고 있었어. 계속 그러고 있다가는 돌처럼 굳어버릴 것만 같았어.

해 질 무렵 붉은 기운 내려앉기 직전의 하늘을 보면 나는 묘하게 떨려. 하루의 마감이라는 안도의 시간으로 들어서는 순간인 동시에 미처 다 채우지 못한 것들에 대한 안타까움이 물들어가는 순간. 이제껏 숨죽이며 감춰뒀던 보고픈 존재들이 하나둘씩 스멀스멀 기어 나오지. 그 기운에 가슴은 병든 가슴이 되고 말아. 서슬 퍼런 애수가 붉어진 햇살에 담기면, 그 햇살 안에서 세상은 그저 남. 저녁햇살은 그리움이 물드는 햇살이지. 그리워.

햇살을 등지고 무언가 움직임이 보였어.
기다리던 너 같기도 하고, 다른 물체 같기도 했어.
너일지도 몰라.
아냐, 너일 거야,
너야, 아냐. 너야, 아냐….

분명 같은 물체일 텐데, 마음에 따라 물체를 점치는 마음도 달라졌어. 너이기를 바라는 간절함이 커졌다가, 아닐지도 모른다는 두려움이 커졌다가 그랬어.

마음이란 요물 같아서 생명주체와 분리되어 따로 살아 움직이지. 전혀 예측하거나 통제 할 수 없을 때가 많아. 소리 없이 다른 육체에 스며들기도 하고, 스며든 척 하기도 해. 또 무슨 변덕인지 급작스럽게 그 흔적을 없애기도 하며, 형태와 성질을 변형시켜 개체를 헷갈리게 하기도 해. 요물이지.

베르테르의 파란색 병에 담긴 것이 눈물이 아니라 하트모양 결정체였다면 어떠했을까. 그러면 그는 다시 살고 싶어 졌을까? 파란색 병이 눈물조차도 담겨있지 않은 빈 병이었다면 어떠했을까. 그러면 그는 더 절망했을까?

모든 비극과 상처는 개체마다 마음을 가지고 있고, 마음이 개체마다 다르다는 것에서 출발해. 내가 좋다고 상대도 좋을 순 없어. 좋은 것이 좋다고 마냥 하트모양 사랑이라고 우길 수도 없는 노릇이야. 잘못 판독된 마음은 현실에선 재앙이 될 수 있거든. 마냥 긍정적인 해석은 현실과의 괴리가 클 수 있거든.

조금 늦는다고 단정하지 말고,

맞다 고 속단하지도 말아야 해.

필연은 될 인연이야.

될 인연임을 믿어야 해.

상대 마음이 나 같지 않다면

그건 필연이 아닌 거야.

아닌 건 아닌 거야.

7장

필연은 촉감으로 기억해

까끄라기보다 더 예민하고 아리게

난 네가 보여.

넌 내 목소리가 들리니?

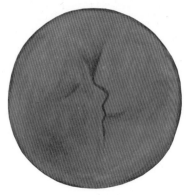

너의 존재를 알지만,
너를 만지지 못하는 시간은
연옥에 갇힌 진공 같아.
너는 내게 아직 도착 하지 않은 약속.

우리는 가능하지 않은 각자의 시간에서
가능한 시간을 분비하면서
한 번도 세상 빛을 본 적 없는
공간에 살아있어.

뜨거웠던 시간과
앞으로 뜨거울 시간사이 간극.
닿을 듯 말 듯 간절함이
극에 달해 사무치는 공간

의욕적이면서도 전복적이며,
달콤하면서도 고통스러우며,
온순하면서도 불온하고,
은밀하면서도 격렬해.
손이 없어도 만지고
혀가 없어도 핥아.

정성을 들여 꽃도 기를 거야.

꽃향기가 퍼지도록.

기억하니?

누구와도 대체할 수 없는 절대적 존재가 되어간다는 것은 서로에게 길들여짐이야.

다른 개체가 서로의 취향, 성격, 생각에 길들여지기까지는 많은 시간과 정성을 들여야 해. 자신을 기꺼이 내어놓고, 곱씹고, 닦아내야 해. 누군가의 소중한 존재가 되어간다는 것은 내 시간들을 내어주고 오랜 시간 함께 울고 웃으며 길들여졌다는 거지.

필연은 수만 광년 이전에 서로에게 길들여진 존재야. 우리가 함께 했었던 많고 많은 이야기를 '지금'이란 세상에선 그저 '그냥'이라는 말로 대신해. 그냥 느낌. 그냥 왠지 그런 느낌으로. 그렇지만 그 소중한 이야기들은 실낱같은 세포가 되어 우리 온 몸 구석구석 살아 있지. 그래서 필연은 촉감으로 기억해. *까끄라기보다 더 예민하고 아리게.*

기억하니? 그 날을.

노랗게 물드는 노란 별들이 가득했던

그 날을.

니가 처음 비밀정원에 들어선 날,

너의 얼굴은 노란별처럼 환했잖아.

우리는 많은 말이 필요치 않았잖아.

하지만 우리는 서로의 말을 들을 수 있었잖아.

웃어줬으면 좋겠다, 생각하면 웃었고,

목소리가 듣고 싶다, 생각하면

이름을 불렀잖아.

눈빛으로 마음이 들렸잖아.

기억하니? 초록 나무 밑 약속을.

초록 나무 밑에는 자그마한 구멍이 있었잖아. 비가 오는 날엔 우리는 그곳에서 비를 피했잖아. 좁다란 구멍은 우리가 딱 붙어 앉아 있으면 꽉 찼잖아. 그래서 둘이면 충분했잖아. 우리는 나뭇가지로 나뭇잎에 이름을 새기고 서로를 묶는 고리를 달아주었잖아. 수 만 년이 지나도 잡은 손을 놓지 말자했잖아.

우리는 손을 잡고 담 길을 걸었잖아. 걸어가는 길 따라 노란 꽃이 피었잖아. 처음엔 하나 둘. 나중엔 다닥다닥. 노랑꽃은 머리 위까지 번졌잖아. 노랑꽃은 하늘까지 다다라 무수한 별꽃이 되었잖아.

달빛이 깊고 푸른 밤,

뜨거웠던 그 바다를 기억하니?

달려도, 달려도 끝이 없었잖아. 둘이니 길을 잃어도 괜찮다 했잖아. 차라리 길을 잃고 싶다 했잖아. 고개를 넘어 꾸불꾸불한 산길을 이윽고 다 내려왔을 때 다다른 곳이 바다였잖아. 어디가 하늘인지, 어디가 물인지 몰랐잖아. 깊은 바다가 푸른 하늘에 닿을 데까지 오래 오래 바다를 바라 봤잖아. 그날은 완벽하게 깊고 푸른 밤이었잖아.

우린 바다한테 선물을 받았잖아.

바다는 자신을 기억하라며 자신의 소리를 딱딱한 껍질에 담아 주었잖아. 돌돌돌 돌려가며 바다는 자신의 목소리를 정성스레 담았잖아. 그건 바다의 마음이라 했잖아. 귀에 대면 바다의 말소리가 들렸잖아. 나를 잊지 말라 했잖아.

그 때 우리,

참, 한 순간 한 순간 허투로 보낸 적이 없었다. 그치.

함께 한 시간만큼 나는 너로, 너는 내가 되었어.

지금 나는, '지금'이라는 생, 지구 어느 모퉁이에서 걷고 있어. 담쟁이덩굴 담장을 걸을 때면, 손을 잡고 걷는 우리가 보여. 오래된 성곽 나무숲에선 나무 밑에서 비를 피하고 있는 우리가 보여. 사랑의 자물쇠 꾸러미들 앞에선 보이지 않는 끈으로 묶여 이생에 떨어졌을 우리가 느껴져 숙연해져.

하도 기억이 또렷해서, 예전에 내가 이곳에 온 적이 있었나 싶어.

기억나지 않는데, 막 떠올라.

세상에!

정말 신기하지 않아?

그 때 우리, 참 좋았다. 그치.

붉은 마음,

별 그리다.

아,

붉은 별 흩날리는

화양연화.

그로부터 많은 시간이 흐른 후에 비로소 깨달았어. 시계 바늘은 무념무상한 척 똑딱 거렸지만, 끊임없이 경이로운 발견의 시간을 만들면서 존재에게 고유성을 부여하고 유일함으로 확신되고 있었음을.

시간은 생을 다른 각도로 바라볼 수 있도록 내면을 변화시키고, 그 속에서 필연은 다른 모습으로 소생하지. 황량한 겨울바람을 이겨내고 오는 순한 봄.

필연은 그저 사랑이라 부르기엔 너무 경박한,
사랑 그 이상의 존재야.

필연은

하늘을 두고,
나무를 두고,
해를 두고,
별을 두고도
외면하고 창문 닫을 때
비로소 생명을 잃게 되는 거야.

그러니 절대,
절대 창문 닫지 마.

8장

짝꿍은 힘을 줘

네가 오면,

우리는 햇살이 잘 드는 창가에서 차를 마실 거야.

무슨 차가 좋을까?

필연은 짝꿍이야.

짝꿍은 힘을 줘.

주전자는 찬장 깊은 곳에 숨죽여 있었어. 편한 커피포트에 밀려 구석에 처박혀졌던 거지. 그런데 어느 날 운 좋게 세상 밖으로 나왔어. 커피포트는 큰 입으로 한꺼번에 뜨거운 물을 쏟아내었어. 커피 알갱이들은 찍 소리 못하고 순식간에 뭉쳐버렸지. 그치만 주전자는 달랐어.

주전자는 좁은 입으로 뜨거운 물을 졸졸졸 내뿜었어. 커피알갱이들이 너무 뜨겁지 않나 살피면서. 졸졸졸 흐르는 물에 커피 알갱이들은 한 알 한 알 흩어지면서 춤을 추었지. 알갱이를 적실 때마다 간질간질 행복거품이 피어올랐어.

"아이, 간지러워."

커피 알갱이들이 까르르, 까르르 물결 따라 움직였어. 이리 좋아하는데, 왜 이제야 둘을 만나게 했을까.

그걸 몰랐던 거야.

주전자와 커피 알갱이는 짝꿍이란 걸.

짝꿍은 서로를 존중해.

길 위에 그림자가 길게 있었어.

"넌 누구니?"
"난 나무야."

뒤에서 누군가 말했어. 돌아보니 나무가 기다랗게 손을 벌리고
있었지. 나무 그림자였어. 나무가 말했어.

"이 그림자는 해와 내가 만든 멋진 작품이야."

그리고는 하늘을 가리켰어. 가리키는 쪽으로 고개를 들어 보니,
해가 세상없이 행복한 표정으로 웃고 있었지.

"내가 해에게, 해가 내게 우린 항상 그랬어. 내어줌이 고맙고,
내 모자람이 미안하고, 더 주지 못함이 안타까웠지. 그렇게 서로
를 오래도록 바라보았더니 어느새 이렇게 멋진 그림이 되었지
뭐야."

나무와 해는 짝꿍이었어. 짝꿍은 힘을 줘.

창가에 라일락 봉오리들이 맺혀 있었어. 제대로 활짝 펼치지 못
하고 몽글몽글 지들끼리 웅크리고 있었어.

비가 오기 시작했어.
종일 비.
오늘도 비.
내일도 비.

라일락이 말해.

"아, 설레."

비를 맞은 라일락은 향기가 더 짙어졌어.
라일락이 비를 만나 보랏빛 향기가 되었지.
피어난 잎 사이로 보랏빛 향기가 퍼져.

비는 라일락에게
설렘을 부르는 짝꿍이야.
짝꿍은 주변을 향기롭게 해.

짝꿍, 지금 뭐해?

지금은 일요일 아침, 7시 33분이야.

여긴 지금 비가 와.

어느 곳엔 첫눈이 온다지?

여긴 비가 와.

작년하고, 제 작년엔 내 생일날 첫눈이 왔었어.

그래서 올해도 생일날 첫눈이 올까봐 걱정하고 있었어.

작년과 올해, 내가 무척 힘들었거든.

그게 다 생일날 첫눈이 와서 그런가, 했거든.

올 해는 제발, 부디 제발,

내 생일날 첫눈이 오지 않게 해달라고 기도했어.

어쨌든, 어디서든, 오늘 첫눈이 왔다니깐,

내 생일날 눈이 와도 그건 첫눈이 아니야.

지금은 일요일 아침, 8시33분이야.

지금 여기는 비가 계속 와.
거기는 안개가 자욱하다며?
그래서 너는 창밖을 바라보는 거니?

비가 와서 오늘은 밖에 나가지 않을 거야.
집에서 책을 볼까 해.
우리 할머니가 그러는데,
책 속엔 여러 생이 들어있대.
책장을 한 페이지 넘기는 것은
어떤 이의 생, 한 지점을 지나는 것과 같대.
그래서인가봐.
내가 책 읽을 때마다 마음이 따뜻해지는 건.
누군가 함께 하는 것 같아.
책장을 넘기는 거는 따뜻함을 넘기는 거야.
따뜻함을 넘기면,
그리움이 꽃 되어 피어올라.

일요일 아침, 9시 33분이야.

나는 책을 보고 있어.

조그만 새가 타박타박 나에게 오더니.

한참동안 꼼짝 않고 나를 쳐다보고 있어.

"지금 뭐해?"

"책 읽어."

"그러는 넌 뭐해?"

"난 잠깐 멈춤이야."

"잠깐 멈춤?"

"응 강을 건너는 중이었거든. 근데 비가 와서 날개가 물을 흠뻑 먹었어. 날개가 무거워지니 더 이상 날 수가 없었어. 그래서 잠깐 멈췄어."

"그래서 뭐하는데?"

"꿈을 꾸고 있어."

"꿈?"

"응. 꿈은 밥이야. 꿈을 꾸면, 날 힘이 생기거든. 꿈이 있으면, 따뜻한 맘과 사랑 가득한 눈으로 세상을 바라볼 수가 있거든. 만약 꿈을 꾸지 않는다면, 쉬이 피곤해져. 그러면 짜증이 나서 더 이상 날 수가 없지."

"그러는 넌 꿈이 뭐니?"

그 말에 잠시 멈칫했어.
나는 마음속으로 대답했어.

"응. 내게 꿈은 용기지. 누군가를 만나러 가는 길이
두렵지 않게 되거든."

9장

필연은 말하지 않고 알아져
그래서 진짜인거지

달달한 하트 초콜릿도 만들 거야.

네가 오면,

달콤한 하트 초콜릿을 줘야지.

Love Recipe

dreaming

+

wishing

+

kissing

+

touching

+

missing

missing

missing

.

.

.

필연의 맛

쓰거나,

달거나.

사랑을 하는 것은 천국을 맛보는 거랑 같다고들 해.

하지만 그건 사랑을 하다 만 사람의 말이야.

사랑은 천국처럼 달콤하고, 지옥처럼 쓰지.

꼭 사랑이 끝나야만 쓴 것이 아니야.

사랑에 풍덩 빠져 있을 때도 그래.

사랑은 천국처럼 달콤하고, 지옥처럼 쓰지.

꿈꾸고,
설레고,
기다린다.

딸랑, 딸랑.

무슨 소리를 들었어. 잠결이었어.

새벽 5시면 울리는 종소리인가 했지.

딸랑, 딸랑.

'풍경이야!'

번뜩이는 생각에 눈을 떴어.

머릿속이 하얘지면서 순간 아무 생각도 안 났어.

반사적으로 풍경이 있는 곳으로 달렸어.

미친 듯이 달려왔지만, 뜻밖에 풍경은 조용했어.

'잘못 들었나? 분명 풍경 소리였는데….

너무 늦었나? 아니 그럴 리 없어.'

그 때 골목을 관통해 바람이 스치고 지나갔어.

농밀한 나무 냄새를 품은 바람.

'아…. 바람이었구나.'

하얀 녀석 냄새가 나는 듯 했지.

온 세상에 산소를 공급해 주는 초록 나무의 청명함이었지.

양손을 모으고 보이지 않는 너에게 말을 걸었어.

"이제 나한테 올 때 되지 않았어?"

딸랑.

너 대신 풍경이 대답했어. 맑고 투명한 풍경 소리를 더 많이 기대
하며 가만히 눈을 감았어. 이미 나는 먼 과거와 현실 사이를 넘나
들고 있었지.

눈을 감는다는 건 좋은 일이야.

꿈 꿀 수 있어서.

꿈을 꾼다는 건 좋은 일이야.

니가 내 옆에 있으니.

너와 연분홍 물든 하늘을 걷고 있어.

너는 살랑이나, 나는 요동치지.

너의 뺨을 스쳤다가 내게 건너온 바람은

비단인양 나를 부드럽게 덮어.

가만히 혀를 내밀어 보니

레몬 젤리 같은 새콤 달콤 맛이 나네.

너의 맛.

누가 기다림을 지루하고 허무한 행위라고 단정 했어? 누가 기다림을 속이 타고, 어디에도 관심을 기울이지 못하는 안절부절못한 상태라고 했어?

그렇게 말하는 사람들은 필연을 기다려 보지 못한 사람일거야.

기다림이란 설렘이야.

그 설렘은 누구도 대신할 수 없어. 얼마나 설레는지, 어떤 설렘인지는 필연끼리만 알 수 있는 비밀이라구. 둘만 아는 비밀 언어. 그래서 더 콩닥거리지. 원래 비밀은 두근거림을 배가시키잖아. 짜릿한 언어지.

즐거울 일이 다가오리라고 믿고, 상상 하며, 기다리는 건 분명 달아. 그건 '사랑'이라는 그림을 그리고 있는 중인 거지. 초콜릿을 만들면서 초콜릿 먹을 일을 기다리는 것은 초콜릿을 먹는 것보다 더 달달한 일이야. 달달함을 상상하는 건 달달함 이상으로 달아.

기다림.

사랑을 기대하는 시간,

그건 달달한 봄맛이야.

꿈꿀 대상이 있고
꿈꿀 내가 건재하다는 건
얼마나 고마운 일인지.

EunyoungPark

기다림은 쓰기도 해.
고독하기 때문이지.

고독은 얼음 밑에 숨어있는 맑은 샘물을 만나기 위해 얼음을 깨는 것과 같은 거야. 영혼의 무늬를 맞춰보고 곰삭히는 시간. 머리를 혼동케 하는 세상 소음에서 떨어져 나와, 나와 독대하는 시간. 때론 파랗게 피멍이 들어 부어오른 내 마음을 수습하고 식어버린 심장에 뜨거운 것들을 다시 쏟아 붓고, 사랑하고 아끼는 것들을 사라지지 않게 토닥이는 시간. 피로의 불순물을 서서히 침전시켜 녹아 없애는 시간. 고독은 사랑을 다듬고 강하게 만드는 시간이야.

한없이 다가오는 교호의 불안.
다가올 오아시스를 꿈꾸며,
모래 바람을 이기려는 시간.
쓰디 쓴 고독의 시간이지.

그러니
너무 기다리게 하지는 마.
믿는다고 너무 기다리게는 하지 마.
너무 기다리다 보면 미워지거든.

그건 필연에 대한 예의가 아니거든.

꿈만 꾸는 바보는 되지 말아야 해.

꿈꾸었다면 이젠 곁에 있어야지.
다가가서 곁에 있어야지.

곁에 있다는 건
단 맛이야.
곁에 있는데 둘뿐이라는 건
달디 단, 최강 단 맛이지.
어떤 것도 그 달콤함을 이길 수 없어.
필연과의 달콤함을 세상 미혹으로 놓치는 일은
절대 없어야 해.
그토록 찾아 온 파랑새를 떠나가게 하는 일은
절대 없어야 해.

얼른 다가가!

다가가기 위해 눈을 떴어.
이대로 있다간 꿈에서만 있을 거 같아서였어.

바람은 세상 곳곳에서 벌어지는 일들을 전해 주지.
나는 바람을 따라 가기로 했어.

혹시 니 소식이 있을까?
바람아 너는 보았니?

빨리 타.
곧 떠날 거야.
내가 너에게 가.

곁에 있어야 만질 수 있어.

필연에겐 서로를 애타게 만지고 싶은 맘이 있어. 심장의 결을 맞
추고 싶은 마음, 영혼의 무늬를 확인하고 싶은 맘이 절로 생겨.
그것도 아주 크게. 그건 외로워서 미혹되거나, 필요해서 취하거
나, 일정한 주기로 하수구에 배출되는 탐욕과는 다른 거야.

필연을 만진다는 것은 너와 함께 라면 그 어떤 것도 모두 할 수
있다는, 서슴없이 모두 해 줄 수 있다는, 함께 뭐든지 하고 싶다
는 사랑의 표현이지.

너무 사랑하면 말이야. 보고 있어도 보고 싶고, 안고 있어도 안고
싶어. 그건 결핍이나 아쉬움을 나타내는 게 아니야.
안고, 보고, 입 맞추고 하는 것보다 더 큰 사랑의 표현이 뭐 없을
까, 하는 거지. 무언가 더 주고 싶고 더 표현하고 싶은데, 현존하
는 것들이 그것뿐이라서 생기는 마음이지.

필연에겐 맛을 돋우는 둘만의 은밀한 언어가 있어.

미리 약속하거나 말하지 않았는데도 읽혀지는 언어. 가령 하늘을 보여주면, 보고 싶다는 말이라는 걸. 붉은 시월을 노래하면, 사랑하고 싶다는 말이라는 걸. 활짝 웃는 해를 그리면, 오직 둘만 안다는 말이라는 걸. 필연이면 알아차릴 수가 있지.

말하지 않고 알아져. 그래서 진짜인거지.

만약 필연만의 은밀한 언어를 타인에게 말하고 공유한다면 그건 아주 큰 잘못이야. 그건 세상에서 가장 단 맛을 잃고, 세상에서 가장 쓴 맛을 얻는 불행으로 돌아오게 되는 일이야. 필연의 맛은 둘만의 것이야. 둘이서만 나눠.

달거나, 쓰거나, 달거나, 쓰거나….

필연의 맛은 그래.
단 맛은 쓴 맛을 맛보면
더 달게 느껴지는 법이지.
알아보고, 앓으며, 소망하며, 안아보고….
그래서 너와 함께 한 모든 날들은
달디 난 단맛이야.

우리 생은
같은 맘으로 함께 하는 이가 있을 때 가장 달아.

취한 맛.

사로잡힌 맛.

밤과 여름 사이의 맛.

죽고 못 사는 맛.

그게 바로 필연의 맛.

10장

우리 사랑은 별이 되었어

너는 어디쯤 오고 있을까?

꽃들이 좋아하는 따뜻한 바람이 불고,

내 별이 커진 걸 보니

네가 곧 올 거 같아.

청명한 밤하늘에 노랑별이 떴어. 푸르스름한 창공에서 노란 빛이 인기척 없는 거리를 아련하게 비추고 있어. 맑고 순수한 존재는 어두움 속에 있을 때 더욱 진가를 발하며 빛나지. 노랑별은 구름이 왔다 갔다 하면서 샛노란 빛을 띠었다가 하얀 빛이 되었다가 했어.

별이 무척 밝아. 무작정 니가 너무 보고 싶어. 별은 소망을 가득 먹은 배부른 모습이야. 우리가 하나의 별을 간직한다는 것은 아름다운 일이지만, 지금 이 순간 다른 곳에서 별을 바라본다는 것은 비극이야.

별은 주변의 소소한 풍경일지도 몰라. 하지만 별을 바라본다는 것은 전율이 흐르는 일이야. 너의 존재를 실감하고, 우리 심장이 여전히 뛰고 있음을 확인하게 되거든.

구름이 크게 흐르더니 잠시 별을 가려버렸어. 중요한 것은 보이지 않아도 마음으로 읽혀지지. 구름 저 위엔 노랑별이 있다는 걸 알아.

말하지 않아도,

수많은 별 중에 우리별이 있다는 걸 믿어.

우리 사랑은 별이 되었어.

다시 또 그 자리에 왔어. 하늘을 그리던 젊은 청년이 있던 그 언덕. 젊은 청년은 온 데 간 데 없었어. 대신 그 자리에 백발이 성성한 노인이 있었지. 그도 하늘을 그리고 있었어. 노인의 하늘은 푸르지 않았어. 검붉은 노을이 졌지. 하지만 노인은 자신이 그때 만났던 그 청년이래. 환영인가. 노인 옆에 한 쌍의 신랑 신부가 있었어. 쓰러져있는 신부 옆에 신랑이 주저앉아 있었지. 신랑은 정신없이 흐느꼈어.

"그대, 나의 벨라가 죽었어. '그대'라는 육체적 실존이 마감된 지금, 나는 더 이상 사랑과 행복의 주체가 되지 못해. 현실이 되지 못해. 나는 너무 두려워. 그 어떤 것도 가능해 보이지 않아. 살려야 해. 살려야 해."

아무리 손을 열심히 휘저어도, 그의 신부는 살아나지 않았어.

"살아나. 제발. 살아나."

불가능하고 무모한 존재. 희망이 단절된 상태의 무능. 신랑은 그리 보였어. 그때부터였나 봐. 그가 하늘을 그리기 시작 한 건. 그의 신부가 죽음의 다리를 건너 날아간 하늘을 그리기 시작 한 건. 그에게 하늘은 수신자가 없는 고백 같았을 거야. 꽤 오랜 세월이 흘렀나봐. 청년이었던 그는 노인이 되었어.

처음엔 왜 그렇게 오랜 세월동안 변함없이 하늘만 그리고 있는 지 궁금했어. 그렇지만 죽은 신부를 캔버스에서 살려내려 한다는 것을 알고는, 이번에는 죽음도 초월하며 두 사람을 묶고 있는 힘 이 도대체 무엇인지 궁금했어. 과연 그들의 사랑이 어떻게 살아 날지도 궁금했지.

검붉은 노을을 등지고 있는 캔버스에서는 그들의 주술적 사랑의 힘이 강렬하게 뿜어져 나왔어. 파란 하늘을 나는 신랑 신부가 그 려져 있었어. 신랑신부의 모습에서 그토록 오랜 시간 캔버스 앞 에서 푸르렀다 검붉었다를 반복하며, 죽어있는 여인을 살리려 바 동댔을 그의 고통이 감지되었어. 창열로 심장을 찌르는 에너지 앞에서 내 궁금증은 그만 무력해졌고, 나는 내 주제넘은 질문을 얼른 접었어. 상투적 삶에 절은 나 따위가, 감히, 세상과 절연된 신성한 왕국의 언어를 읽어내려 한다는 것은 미안함을 지나쳐 무례한 짓거리라는 생각이 들었거든.

노인의 캔버스는 이제 더 이상 색을 담는 도구가 아니었어. 어떠한 경우에도 희망과 꿈을 버리지 않았던 그. 그럼에도 불구하고, 희망의 끈을 만들었던 그. 그는 캔버스 속에서 그의 그대, 신부를 살려냈어. 하얀 부직포 무의 공간을, 현실을 잊고 '그대'와 소통할 수 있도록 허락된 힘의 공간으로 승화시킨 거지. 그대가 사라져도 그대 안에서 영원히 사는 무한의 공간. 캔버스는 그들의 천상의 공간인 거지.

그는 이제 아흔을 넘겼다 했어. 하늘을 나는 신랑신부를 그리면서 그의 그대, 벨라 곁으로 가는 죽음의 다리를 건너, 천상에서의 결혼식을 기다리고 있다 했어. 그것이 그에게 남은 유일한 희망이라 했어. 벨라는 죽음 이후에도 함께 할 그의 필연이니까.

그리움은 과거에 근거하고, 기다림은 미래를 파생하지. 그리고 필연은 생을 넘나들며 불멸하지. 그리움이 기다림으로, 그 기다림이 다시 그리움으로 수백 번 변이 순환되는 과정 속에서 사무쳤을 그의 고독에 경의를 표해.

순정은 지속되게 되어있어. 필연이기에.
필연의 간절함을 누가 막을 수 있겠어.
아무도 별이 되는 것을 막지 못해.
별이 사무치면, 꽃이 피지.
그의 그림 속에서 그는 시공간을 초월해 천진했어. 그 천진함이
아파 나는 그만 눈물이 났어.

이제 그녀도 가고, 그도 갔어.
그래서 그들은 천상에서 지금 행복할까?

그들의 사랑은 별이 되었어.

수 만 광년 전이나 지금이나 분명한 것은
사랑은 오래 참고,
인내하며,
온유하며,
늘 감사가 흘러.

사랑, 사랑, 사랑….
사랑은
세월을 따라 익고 익어,
어떠한 상황도 감내할 수 있는 힘이 생길 때
마침내 별이 되지.
필연은 별이 되는 사랑이야.

믿어야 별이 돼

피할 수 없는 운명 안에서 믿음이 곧 희망이야. 믿음은 절망을 해독시켜주는 치료제이지. 믿어야 멈추어진 심장이 다시 뛸 수 있어. 죽어가던 영혼을 다시 살리는 힘은 믿음이야.

살다보면, 드물게, 아주 드물게 '순믿음'이 찾아오는 순간이 있어. 순도 백퍼센트 믿음 말이야. 이는 대개 상승과 추락의 가능성을 동시에 품고 있는 불안정한 발작의 순간에 오는데, 이를테면 상대에 대한, 혹은 이루고자 하는 것에 대한, 확인하지 않아도 감지되는 맹목적 매혹과 확신 같은 것이지. 그렇다고 무턱대고 믿어버리는 순진한 애송이 성향을 말하는 것이 아니야. 마치 탄생 이전부터 돌을새김 되어진 부적 같은 믿음이야. 어떠한 사랑의 행위보다 강력한 에너지를 내뿜으며 하나가 되게 하며, 본질을 바라보고 같은 생각을 하고 같은 말을 하게 해.

걷어버리면 사라지는 얇은 우유막 같은 찰나의 유혹과 유행을 쫓는 인스턴트 세상이 그런 '순믿음'의 기능을 알 턱이 있겠어. 잠시 지구라는 공간을 점유한 우리는 몽유 속에서 살아.

그럼에도 불구하고, 계절의 바람은 바뀌게 되어있어. 떠났다 돌아오고 떠났다 돌아오는 불안한 영혼을 위로하듯, 마지막까지 함께 하지 않을 것임을 결연했던 어느 순간에도, 필연은 변함없이 19살 순정을 보여주며 자리를 지키고 있지.

수그러지지 않는 간절함.
서걱거리는 불면의 밤은
햇빛 찬란한 아침과 이어져.

믿어.
믿어야 별이 돼.

11장

우리에겐 자신을 지킬 의무가 있어

곧 니가 올 거 같아.

이제 옷을 갈아입어야겠어.

무슨 옷을 입을까?

거울을 봐 바.

거울을 봤어. 거울 속에는 마네킹이 하나 서있었어. 머리와 손이
없는 인형. 오로지 발만 있었어. 나는 그녀가 인형인 줄 알았어.
그런데 한 참 보니 조금씩 움직이는 거야. 놀라서 물었어.

"너 살아있니?"
"아마도"
"얼굴은 어디 갔어? 손은?"
"몰라. 나는 원래 꿈꾸고, 행하고, 노력하고, 참 괜찮은 사람이었
어."

물어보지도 않았는데, 변명이라도 하듯 얘길 시작했어.

"내가 하는 모든 것은, 누구로 부터 누구에 의한 누구 때문이 아
닌, 바로 내 속에서 나왔어. 모두들 나를 멋지다고 말했어. 나는
늘 당당하고 자신 있었지."

그녀는 누군가에게 이 이야기를 꼭 하고 싶었다는 듯이 단숨에
내뱉고는 숨이 찬 듯, 한 숨을 내쉬었어. 그리고는 다시 말을 이
었어.

"사람의 일이란 한 치 앞을 몰라. 어느 순간 갑자기 나는 불행해져 버렸어. 길을 가다 보니 사람들이 모여 있었어. 사람들은 모두 누군가를 보고 있었지. 사람들의 시선 끝에는 무척 아름다운 여인이 있었어. 다들 그 여자를 예쁘다고 칭찬했어. 내가 최고인 줄 알았는데. 나보다 잘난 사람이 있었던 거야."

그녀의 목소리는 거칠어지기 시작했어.

"그 여자를 알게 된 후로 난 점점 이상해져 버렸어. 그 여자가 빨강을 입으면, 나도 빨강을 입었어. 그 여자가 얼굴이 하얘 보여서 난 내 얼굴에 분칠을 가득 했지. 그 여자가 파라솔을 쓰고 있기에 나도 얼른 똑같은 파라솔을 샀어. 그 여자의 모든 것을 따라했어. 내가 생각해도 그 여자는 너무 예뻤고, 그 여자같이 되고 싶었지. 모든 사람들이 좋아하는 그 여자가 차츰 미워졌고, 나의 질투는 그 여자가 이 세상에서 없어졌으면 좋겠다고 생각하기에까지 이르렀어. 그런데 그렇게 생각하는 순간, 갑자기 내 눈이 멀더니 난 아무것도 못 보게 되었어. 급기야는 얼굴도 없어져 버렸어. 그 여자가 가지고 있던 물건들을 빼앗으려던 내 손도 점점 작아져 아무것도 잡을 수 없게 돼 버렸지. 결국 얼굴도 손도 없는 흉측한

괴물로 변해버렸어. 이젠 볼 수도 만질 수도 없게 돼버렸어. 나는 내가 아닌 거 같아. 이러다 발도 없어지면 어떡하지?"

그녀는 서럽게 흐느끼기 시작했어. 얼굴도 눈도 없는데, 따뜻한 물망울이 그녀 옷에 떨어졌어. 아무리 겉모양이 변해도 본래 마음은 아직 살아 있었나봐. 난 그녀에게 옷을 갈아 입혀 줬어. 원래 그녀의 옷으로. 스타킹도 신겨 주고, 신발도 신겨줬어.

"이제 좀 그럴 듯해졌네."

우두커니 서있는 그녀에게 힘주어 말했어.

"이제야 너 같아.
 너는 정말 멋진 사람이야.
 이제 너를 찾아!"

우리에겐 자신을 지킬 의무가 있어.

자신을 불행하다 생각하는 사람들의 관심은 대게 밖이야. 남과 비교하며, 질투하며, 미워하며, 자학하며, 탓하며, 타협하며, 타자나 혹은 상황에 스스로를 옭아매면서 귀한 시간과 열정을 낭비하지.

꼬인 눈을 풀어 봐. 시선을 타인에게 두지 말고, 스스로의 삶에 집중해 봐. 내가 꼬여 있으면, 세상이라는 화살은 꼬여진 사이사이에 쉽게 박혀. 내가 곧고 단단하게 서있다면, 화살은 박히지 못하고 미끄러져 버려. 세상 화살이 구불거리면 거릴수록 힘이 분산되어 내 몸에 닿기가 무섭게 미끄러져서 발밑으로 떨어져.

되도록 밝으려고 노력해. 밝을 수 있는 이유는 어렵고 힘든 상황이 없어서가 아니야. 힘든 상황에 시선을 고정하지 않기 때문이지. 상황을 인정하고, 어떤 상황에서도 타자가 아닌 나의 비전과 가능성, 내가 할 수 있는 것들에 대해서 생각해봐. 자신은 무엇보다 소중한 존재야. 내 인생을 사는 것이지 남의 인생을 사는 것이 아니야. 자신을 봐.

자존심이 아닌 자존감을 세우려고 노력해야 돼. 자존감은 중심이 자신에게 있지. 남이 잘 나든 못나든 인정 하며, 그것과 무관하게 자신은 자신의 길을 걸어가게 해. 반면 자존심은 관심이 다른 사람에게 있어. 남이 무엇을 하는지 비교하며 자신보다 타자에게 관심을 더 두게 되지. 남보다 내가 못하다 생각하면 자존심이 상한다 생각해. 자존심이 상한다는 말은 열등감이 생긴다는 말과 같아. 자신의 좋은 점은 보지 못 하고, 남 좋은 것만 보는 거지. 자존감은 자기발전의 근간이 되고 타자의 발전에도 긍정적 영향을 미치지만, 자존심은 상처와 피해의식으로 발전해 유아적 사고와 반항을 야기 시켜.

어떻게 하면 자존심을 자존감으로 바꿀 수 있을까?
어떻게 하면 왜곡되지 않는 마음을 가질 수 있을까?
자신을 더 많이 아끼고 사랑하는 게 답이야.

자신은 스스로 생각하는 것보다 훨씬 더 괜찮은 사람이란 걸 알아야 돼. 단지 힘들고 지쳐 있는 것뿐인 거지, 보잘 것 없는 존재가 아니란 걸 상기해야 해. 누구나 한 가지는 좋은 점을 타고 나는 법이야.

'넌 그게 있니? 난 이게 있어.'
'넌 그러니? 난 이래.'
이런 마음가짐 정말 필요해.

내 선택은 항상 옳아.
왜냐 구?
그건 내 인생이기 때문이지.

누구도 내 인생에 왈가왈부 할 수 없어. 그건 주제넘은 일이야.
그러니 자신감을 가져. 필연이 찾아왔을 때 실망하지 않게.
내가, 내가 아닌 사람이 된다면, 내 필연이 날 찾았을 때 어떻게
나를 알아보겠어? 우리에겐 우리 자신을 보존할 의무가 있어. 필
연이 왔을 때 금방 알아볼 수 있게 우리는 순전하게 자신을 지키
고 있어야 돼.

12장

필연을 맞이할 우리는 아름다워야 해

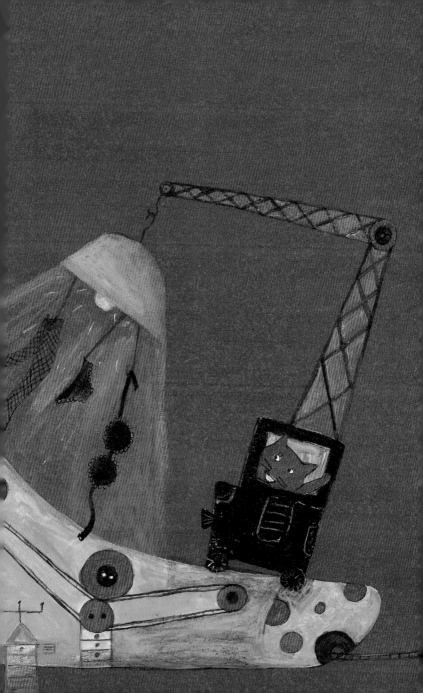

난 백일동안 아름다웠어.

갈색으로 변해 있었어. 붉었을 텐데. 백일홍이라 하더라고. 그 꽃.
백일동안 붉었었대. 지금은 시들고 있는 중인가 봐. 그런데도 슬
퍼 보이지 않았어. 오히려 행복해 보였어.

"너 웃고 있네?"

"응."

"왜지?"

"곧 내 필연이 올 거거든."

"어떻게 알아?"

"약속했거든."

"그걸 믿어?"

"그럼. 필연인걸."

꽃은 잠시 생각에 잠긴 듯 고개를 숙이더니 다시 나를 봐라 봤어.

"난 여기서 내 필연이 오기를 백일동안 기다렸어. 백일이 지나면
오겠다고 했거든."

"하지만 넌 지고 있는 걸…."

나는 나지막하게 중얼거렸다.

"그를 기다리는 동안 난 정말 행복했어. 난 우리가 함께 할 날들을 상상했지. 그날을 그리는 동안 난 정말 아름다웠어. 내 손은 붉게 물들었고, 내 발은 초록으로 굳건했지. 백일을 하루같이 설레고, 두근거렸어. 하루를 살면 하루만큼 열심히 잎을 키워 나갔어. 그러다보니 모르는 사이, 커졌고 강해졌지. 이제 예쁜 거 따윈 아무래도 상관없는 성숙한 꽃이 되었어. 모든 것이 운명이 되어 버린 거지."

"하지만 그가 와도 너는 곧 죽을 텐데⋯."

나는 대꾸를 하면서도 정말 의아했어. 꽃은 나의 반응은 아랑곳하지 않았어.

"괜찮아. 대신 내가 이번 생을 이렇게 순하고 아름답게 살았잖아. 누구나 찬란한 시절은 짧아. 누구나 영원히 예쁘진 않아. 나는 내 필연으로 인해 비로소 활짝 필 수 있었어. 꽃잎 떨어지기를 수십 번 한다 해도 이제 영원히 살 수 있는 힘이 생겼어. 내 몸은 일 년을 살지만, 내 영혼은 영원을 살아. 그를 내년 봄, 다음 생에 또 만날 테니. 그가 내가 다시 태어나길 기다리고 있을 테니. 그를 기다리며 행복했던 기억은 영원할 테니."

백일홍은 시들었어도 그 어떤 꽃보다 우아하고 아름다웠어. 아름다움이란 시간을 곰삭고 익히면서 물들어지는 거지. 곰삭고 익으면 스스로에게 자신감이 생겨. 미래를 꽉 잡은 자신감에서만 우아한 아름다움이 생겨. 그것은 겉모양이나 지위에 따라 평가되는 것이 아니야. 마음 속 소중한 가치들을 지키고 행하는 노력에서 얻어지는 고귀함이지.

운명을 지켜나가는 것은
진정 아름다운 모습이야.

그대로 인해 꽃으로 화했던 나는
꽃잎 떨어져도 영원히 사는 생이 되었어.

자고나면 바뀌는 세상,
떨어지는 잎들은 인연의 끝이 아니라
환생을 위한 시작인거지.

필연을 맞이할 우리는 아름다워야 해.

하나. 아름다운 겉모습을 가져야 해.

겉모습이 아름답다는 것은 내 자신을 괴물로 만들지 않아야 됨을 의미해. 세상에 물들다 보면 내 본연의 모습은 사라지고 화려하게 덧칠한 겉만 남게 되지. 화장을 하고 예쁜 옷을 입으며 외모를 아름답게 가꾸는 것은 좋은 일이야. 행복해 질 수 있거든. 하지만 자신만의 정체성을 잃지 말아야 돼. 외모를 예쁘게 꾸미되, 나 아닌 누군가가 되지 않는 것. 그게 아름다움이야.

내가 가진 장점을 더욱 예쁘게 키우고 살리도록 해. 누구나 한 군데는 예쁘게 태어나게 되어 있어. 내 예쁨을 자신해야 해. 이건 자존감과도 연결되는 문제야. 만약 내 예쁨을 지우고 그 자리에 다른 것을 덧붙인다면 그건 십중팔구 어색한 모습이 될 거야. 아름다움은 나의 예쁨을 인식할 때에 비로소 만들어지는 거야.

둘. 아름다움은 지혜로움이야.

지혜롭다는 건 지식이 많은 것과는 달라. 아는 게 많다는 걸 말하
거나 자랑하는 모습은 전혀 아름다워 보이지 않아. 먼저 말하거
나 행동하지 않고, 심사숙고하며 묵히는 습관을 가져봐. 마음에
게 먼저 물어보는 습관 말이야. 그게 지혜를 끌어내는 방법이야.
지혜로움이란 깊이 생각하고, 타인에게 다가가 타인의 마음을 이
해하는 거야. 지혜는 지식을 넘어 한 사람의 세계가 담겨 있고,
마음의 그릇만큼 확장 되지. 상상으로, 경험으로, 때로는 정보로
말이야.

지혜롭지 못한 모습은 머리에 상자를 쓰고 있는 사람이야. 자기
는 세상을 못 보고, 남들은 어리석은 자기를 보고 있지. 나만 아
니라고 우기는 것은 벌거벗은 임금님처럼 사는 거야. 세상을 인
정하고 다름을 인정해. 다름을 인정할 때, 부족함을 인정할 때,
아름다워 질 수 있어. 집착은 자신을 바보로 만들어. 세상이 변해
도 알아보지 못해. 집착을 버려. 그래야 다가온 필연을 알아볼 수
있어.

필연이 생각보다 늦게 온다고
왜 이리 늦었냐고 다그치지 마.
나름대로 이유가 있었을 거야.
그도 빨리 오려고 애썼을 거야.
지혜는 이해로 이어져.
이해는 공간을 따뜻함으로 채우게 하는 힘이 있어.
오래도록 사랑할 수 있게 하지.

셋. 감동을 주는 것은 아름다워.

감동 없는 재미는 얕아. 얕은 재미는 실증도 빨리 나고, 빨리 잊어버려. 세상에 가벼운 건 세고 썼어. 나까지 가벼우면 그게 통하겠어? 가벼운 건 별거 아니라는 걸 금방 알아차릴 수 있어.

감동이란 대단하거나 무거워 옮기기조차 벅찬 어떤 것이 아니야. 그저 불현듯 소소하게 다가와 저절로 퍼져나가는 울림이지.

어떤 필요나 이해관계도 없이
누군가 너를 기다려 준다면,
누군가 나를 보러 먼 길 마다하지 않는다면,
그건 애정이야.
조건 없는 애정은 진한 감동을 주지.
그게 진실이야.
조건 없이 마음으로만 움직이는 거 말이야.
진실한 거, 그게 그렇게 어려워?

필연은 그렇게 조건 없이
먼 길 마다하지 않고 내게로 와.

넷. 그리운 것들은 아름다워.

화가 났다고 상대에게 함부로 하는 건 어리석은 일이야. 그 사람이 필연을 데리고 올 천사일지 모를 일이야. 사람은 바닥까지 내려갔을 때, 진면모가 드러나지. 상대를 괴롭히거나, 크게 소리를 지른다거나 함부로 하는 건 세상에서 제일 어리석은 일이야.
고개를 절레절레 흔드는 대상이 되는 것만큼 추한 건 없어.
그리움의 대상이 되도록 해야 해.
지워지지 않고 떠올려 지는 사람 말야.

맛난 거 먹을 때 문득,
상점에서 문득,
빨강을 보면 문득,
노래를 들으면 문득,

소소한 일상에서 누군가 떠올려 진다는 건 아름다운 일이야.
떠올림의 대상이 된다는 것 또한 아름다움이지.

필연은 자꾸 자꾸 떠올려져.

아름답게 떠올려져.

떨어져 있으면 사무치게 되어 있지.

생의 마지막 날에 이름을 부르게 되는 사람.

이전 생도, 다음 생도 함께 할 인연.

어둠 속에서도 환하게 발하는 아름다운 불꽃 인연.

필연은 그리운 사람이야.

다섯. 아름다움은 어우러짐이야.

어디서든 허튼 대상이 되지 말고,

아름다운 풍경이 되어야 해.

아무거나,

아무렇게나,

그건 말도 안 돼.

아무렇게나 하는 건

나를 함부로 대접하는 거야.

나를 함부로 대접하는 건,

필연을 함부로 대접하는 것과 같아.

좋은 어우러짐이란 서로를 보완해주는 동시에

서로를 돋보이게 해주는 조합이지.

통제되어 만들어 지는 것이 아니라,

무의적으로 창출되는 아름다움.

사람에게는 자기한테 맞는 옷이 있어.

남 꺼가 좋아 보인다고 그 옷을 내꺼 하려 하지 마.

아름다움이란 내게 맞는 옷이지.

필연은 아무나가 될 수 없어.

내게 꼭 맞는 옷을 입고 있지.

결론은,

필연은 아름다워.

오랜 세월을 지켜내고,

다르지만 어우러지며,

소소한 일에도 감동을 주며,

시간이 지나도 그리운 사이니깐.

아름다운 건 사랑받게 되어있어.

뚱뚱해도 사랑해.

13장

아름다운 만남

딸랑 딸랑

니가 왔나 봐.

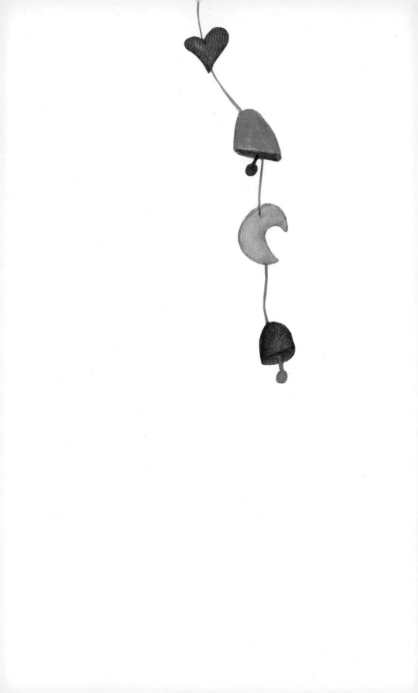

딸랑 딸랑.

딸랑 딸랑.

풍경 소리에 눈을 떴어.

'하얀 친구야. 이번엔 틀림없어.'

그 곳으로 달리기 시작 했어.

드디어 서로를 만지며,

'안녕'이란 두 글자를 말할 수 있는 순간이 왔어.

그로부터 수 만 광년.

여러 겹의 별과 별 사이를 지나

마침내 마주했어.

혼자가 아닌 우리가 되는 순간은 짜릿해.

짜릿함의 대상이 되는 존재는 더없이 눈부셔.

떨려. 하얀 친구가 말했어.

"마음이 설레는 곳으로 정직하게 왔더니 여기야. 난 적막한 시간을 통과해야만 했지. 알지 못하는 울림 하나 믿고 여기까지 왔어. 무엇에 홀린 듯 무중력 상태로 걸어왔지. 나를 불렀던 이가 바로 너였구나."

"내게 와줘서 고마워."

우리가 살면서 굽이굽이 상념 속에서 알게 모르게 우리를 이끌며 힘이 되어주는 목소리는 필연이야. 필연의 간절한 목소리는 용기를 주지. 용기는 무모함을 기회로 만들어. 신은 짓궂었으나, 지금을 예비하셨어. 겨울은 꽃 피는 봄을 위해 철저히 춥고 아팠어.

필연은 돌고 돌아 결국 제자리를 찾게 되지.
우리가 간절하다면 필연은 꼭 만나게 되어있어.
그리고 이렇게 만났어.

"우리 지난날이 헛되지 않았음을,
생의 중요한 순간에 함께함을 감사해.
너는 이제 더 이상 그리움의 심상이 아니라,
내가 온전히 품을 대상이야."

유혹 많은 세상,
억겁의 시간을 돌고 돌아
마침내 눈앞에 선 이도, 기다린 이도,
그 처절한 간절함의 중심은 하나야.

"깊은 사랑"

지켜낸다는 것은 그래서 위대한 거지.

별이 사무치면, 꽃이 피지

별과 별 사이에 있던 필연이 서로 만나는 것은 시간과 정성을 쏟아야 완성될 수 있어. 서로에 대한 존중과 믿음. 무엇보다 필연이라는 확신. 확신은 혼자서 만의 것이어선 안 돼. 둘이서 해야 해. 서로, 서로간의 확신과 약속만이 운명을 만들어.

운명은 다른 시간에 존재하던 두 사람이 간절함으로 함께하는 접점에 이르게 되는 사건을 말해. 합체가 불가능해 보였던 상이한 두 공간이 마침내 하나의 시간에서 만나는 바로 그 사건. 시공간이 합체되는 유의미한 순간. 그게 운명적 만남이야.

시간은 성을 짓고 허물기를 반복하면서 운명적 만남이라는 전설을 결국 만들어 냈어. 어긋나는 공간들과 방어할 길 없이 가혹한 밤들을 보내고 나서야 비로소 필연은 '내 필연'이라는 유일함을 갖게 되지. '먼지처럼 바스러지라.'는 조물주의 명령에도 유일한 것은 사라지지 않고, 스며들어 살아남았어. 머리가 아닌 가슴이었기 때문이지.

필연은 절로 오는 것이지 작정하고 오는 것이 아니야. 절로 오는
것은 까닭이 없으며, 게으를 수는 있어도 절대 되돌아가는 법이
없어. 필요가 아니라 간절함이니깐. 사무치는 간절함.
간절함은 우주의 기운을 움직여 길을 만들면서 순리가 되게 하지.

그저 그냥. 그저 그냥 오고, 그저 그냥 따뜻해.
필연은 순리가 되어버린 존재야.
거짓 없이 순하게 오며,
그렇기 때문에 따뜻한 기운으로 꽃 피울 수 있어.
꽃이 피는 까닭에 필연이 오는 것이 아니라,
필연이니깐 꽃피울 수 있는 거야.
그러니깐 시절 따라 필연과 함께 피고 지는 꽃은
죽어도 여한이 없는 거지.

사무치게 간절해서 피는 꽃,
그건 필연이야.
간절해야 꽃 피울 수 있어.

사랑의 종착역

사랑의 종착역은 어디일까?

결혼일까?

아니야. 그렇지 않아.

결혼을 하면 다 필연인가?

아니야. 그렇지 않아.

우리는 필요에 따라 결혼하고, 욕심을 우선순위에 두느라 필연을 뒷전으로 미루거나 피해 가는 경우도 많아. 우리가 '지금'이라는 생에서 필연을 저버리는 이유는 수 십 가지, 수 만 가지가 있어. 방향을 잘 못 틀어 길을 잃어서. 기다리던 버스를 놓쳐서. 택시가 더 빨리 와서. 걸어가기 싫어서. 그런 사소한 이유 뒤에 오는 것들을 손쉽게 올라타지. 필연인 척 하면서. 마음은 간절하다 말하지만, 몸은 세상을 쫓아. 그래서 우리들은 누구를 만나도 늘 외롭고, 무얼 해도 늘 허기져 있지. 몸은 채워질 수 있어도 마음이 채워지지 않기 때문이지. 소소하지만 확실한 불행이 되는 거지.

우리가 세상을 어떻게 살 것인가는 온전히 우리에게 달렸어. 간절한 것을 무시하고 돈과 명예를 챙기며 살 것인가. 아니면 꿈을 쫓아 힘든 과정을 견뎌 낼 것인가. 그것은 전적으로 우리에게 달린 우리 생이지. 그렇지만 적어도 죽을 때, '이렇게 할 걸' 하는 후회는 남기지 않아야 되지 않겠어?

필연이 돈과 명예를 가져다주지는 못할 지도 몰라. 어떤 경우는 더 큰 부를 가져다 줄 지도 모르지. 필연이 풍족함을 준다고는 장담할 수 없더라도, 만족감을 준다는 건 확신해. 이 세상 살만하다는 만족감. 힘든 세상 살아가는데 내 마음을 알아주는 따뜻한 나의 분신이 있고, 위로가 있고, 헤쳐 나갈 힘을 보태는 이가 있다는 것. 그건 대단한 행운이지.

눈앞의 달콤함에 빠지지 않고 간절함을 쫓는다면, 전혀 다른 차원의 선물을 받을지도 몰라. 필연은 시들고 찌든 영혼을 살리는 아주 큰 에너지를 가지고 있어. 무엇보다 필연과 함께 하면 적어도 세상 유혹에 딸려가지 않고, 내 삶의 주인이 될 수 있어. 우리는 삶의 방향과 속도를 디자인 하는 주인으로 살 수 있어. 유혹과 타협하지 않고 얻어낸 필연이니깐.

필연이 내게 오는 것은 올곧게 지켜낸 이에게 주어지는 신의 선물이자 상인 거야. 진정한 행복이라는 선물

하지만 말이야, 불행히도 말이야, 수만 광년 전에 함께 했다고,

묶여서 세상에 떨어졌다고, 죽도록 찾아 헤매어서 만났다고, 다 결혼하고, 다 죽을 때까지 함께 하는 건 아니야.

필연의 종착역은 가슴이야. 가슴에 머무르는 거지. 누군가의 가슴에 떠나지 않고 영원히 남는 것 말이야. 긴 생을 살면서 우리는 여러 상대를 거치며 사랑 비스무리한 것들을 하고, 사랑했다 쉽게 말하지. 할 때마다 새롭고 할 때마다 짜릿했지만, 우리 존재는 누군가의 가슴에 있다가 금세 빠져나가버리기도 미쳐 담겨지지도 못 할 때가 많았어. 그렇지만 그 중에 하나. 만남 이전부터 죽음 이후에도, 함께 하거나 함께 하지 못한다 하더라도, 끊임없이 떠올려지고 그리워지는 누군가의 존재로 남을 때가 있다면, 우리는 사랑의 종착역에 이른 거야.

종착역은 끝이 아니라 영원히 머무르는 상태지. 이전에도 없었고, 이후에도 없을, 내 기억에 그 누구도 없는 최고의 순간으로 자리매김 되는 상태지.

내가 어느 이의 가슴에 산다면,

그 사람은 나의,

나는 그 사람의 필연이야.

돌아서면 잊혀지고,

다른 이로 대체 될 수 있는 존재라면 그건 필연이 아니지.

사랑의 완성은 결혼이 아니라,

생의 마지막 순간에 이름 부를 존재가 되는 것,

죽을 때까지, 죽음 그 이후에도 누군가의 가슴에 남는 거야.

우리, 후회하는 사람이 되지 말고,

누군가의 가슴에 남는 사람이 되자.

네가 오면,

우리는 행복할거야.

죽을 때까지,

죽은 다음에도.

그럼에도 불구하고
가슴에 별 하나 간직하고 싶다.

삶이 그렇더라. 생각지도 않았는데 덜컥 주어질 때가 있고, 죽어
라 노력해도 되지 않을 때가 있더라. 주어진 모든 것에 감사하지
만, 반면 불안감도 크다. 현실이 녹록한 사람이 어디 있을까. 우
리는 현실에 안주하거나 좌절하며 산다. 살아내는 것이 너무 버
거워 대충, 가볍게, 쉽게 생각하자며 삶의 무게를 덜어내려 하고,
멀리 있는 꿈보다는 가까이 있는 현실을 택한다.

큰 부자가 되기를 바란 적이 없다. 많은 명성을 얻기를 바란 적은
더더욱 없다. 그저 좋아하는 사람들과 알콩달콩 사는 소박한 바
람을 이루기에도 세상은 팍팍하였다. 늘 무언가 부족하고 불안하
였고, 더하려 애쓰고 더 할 수 있을 거라 생각했었다.

그러다 한 동안 쓰러져 있었다. 다시는 정신을 차리지 못할 것만
같았다. 눈을 뜬 건 폭염이 내려 숨 이 막히는 뜨거운 한 여름 속,

그나마 차가운 공기가 폐에 닿아 숨을 뱉을 수 있는 밤이었다. 숨이 끊어지기 직전, 아예 스스로 숨을 끊고 싶은 절대 절명의 순간에 나를 다시 일으킨 건 내가 간절히 하고 싶은 것, 내가 간절히 함께 하고 싶은 사람이었다. 꿈과 사람은 내가 살아야 하는 존재의 이유였다. 그건 삶과 죽음사이, 밤과 여름사이에 존재하는 희망이었다. 욕망이 가득 찬 불안정한 세상에서 꿈을 갖는 것이 과연 현명한 일인가를 묻는다면, 그럼에도 불구하고 가슴에 별 하나쯤은 간직해야 되지 않겠냐는 절규에서 이 책은 비롯되었다.

필연이란 반드시 올 꿈이거나 사람이다. 이 책은 필연을 강조하지만, 그만큼 존재의 희귀성을 얘기하고 있는지도 모르겠다. 어떤 이는 그런 것이 어디 있느냐며 동화 같은 낭만이라고, 어떤 이는 뭐 그렇게 까지 힘들게 사느냐고 항변할지 모르겠다. 이제껏 사랑이 변변치 않았다고, 아직 사랑이 오지 않았다고 낙담할지도 모르겠다.

단언컨대 필연은 분명 있고, 또 이룰 수 있다. 내게 다가 왔듯이, 그대들에게도 다가간다. 생각대로 되지 않는 세상, 실망할까봐 기대하지 않고, 실패할까봐 도전하지 않고, 적당히 안정된 길을 가고자 하는 우리가 놓쳤거나 인정하지 않았던 것뿐이다. 진리는 가장 원초적인 순리에 의존하는 존재가 아니겠는가. 필연은 갈망이다. 갈망하는 무언가는 넘어졌을 때 일어서는 힘이 된다. 고단한 인생에서 두려움과 외로움을 견딜 수 있는 버팀목이 된다. 행복 씨앗이 말랐을 때 다시 싹틔우는 인큐베이터가 된다.

우리가 뿌린 간절함은 반드시 돌아온다. 돌고 돌아 따뜻함으로 돌아온다. 간절함이 번질수록 따뜻한 세상에서 살게 되고, 따뜻한 세상은 꿈을 이루는 바탕이 되고, 우리를 다시 간절하게 한다. 글을 쓰고 그림을 그리면서 꿈을 꾼다. 밝은 생각을 하고, 사람들에게 아름다운 세상을 보여주자고. 내 그림과 글을 대하는 순간만이라도 시끄러운 세상을 잊고 행복해지기를, 힘든 순간 다시 일어설 수 있기를. 상처가 아물고 희망을 꿈꿀 수 있기를. 그리하여 다시 별을 향해 갈 수 있기를. 세상은 찌 들어도 우리는 여전히 건재하며, 우리는 여전히 확신하며, 우리는 여전히 사랑하며, 꿈꾸는 우리는 여전히 아름답다.

2018년, 산드러이 붉게 물든 시월에. 박은영

박은영 작가의 집
(R.ed 아리디)

박은영 작가의 집(R.ed 아리디)에 오시면, 박은영 작가님을 만나실 수 있어요. 이곳엔 〈레드〉와 〈동화같은 집〉을 컨셉으로 박은영 작가의 책에 나왔던 그림들이 실제 소품으로 재현되어 있고, 곳곳에 동화 속 체험을 할 수 있도록 그림책 원화 들이 전시되어 있답니다. 물론 지하 작업실에선 작가님이 직접 작업하시는 모습도 볼 수 있어요. 게다가 1층과 루프탑은 카페와 숍의 작은 힐링 공간으로 꾸며져 있답니다.

"지난 봄, 작은 아지트를 마련했어요. 전 제가 상상하는 것들을 그림 속에서 뿐 아니라 현실에서도 재현되어 느끼고 만질 수 있기를 꿈꿔

왔죠. 그것들을 통해 사람들과 소통하고도 싶었어요. 사람들은 제게 큰 스승이죠. 그들의 삶에서 큰 영감을 받거든요. 영감은 다시 제 그림과 글로 전이 되어 재탄생되죠. 얼마 전, 제 아지트로 독자 한 분이 찾아 오셨어요. 결혼을 하고 아이를 키우면서 잃어버린 자신의 꿈에 대해 물으셨죠. 우리는 꿈꾸는 것이 얼마나 행복한 일인지에 대해 시간 가는 줄 모르고 애기 했어요. 그 날의 감동은 이번 책에 고스란히 녹아 있어요. 제 아지트에서의 나눔이 행복 바이러스가 되어 널리 널리 전파되어, 조금이나마 세상을 따뜻하게 만들 수 있기를 소망해요."

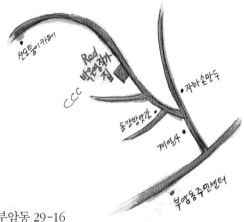

서울시 종로구 부암동 29-16
www.redhome.co.kr

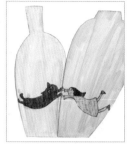

7장 | 필연은 촉감으로 기억해

9장 | 필연은 말하지 않고 알아져

12장 | 필연을 맞이할 우리는 아름다워야 해

8장 | 짝꿍은 힘을 줘

11장 | 우리에겐 자신을 지킬 의무가 있어

10장 | 우리 사랑은 별이 되었어

13장 | 아름다운 만남

나의 별에게

초판 1쇄 2022년 7월 9일

지은이 | 박은영
펴낸이 | 김용환
펴낸곳 | 캐스팅북스
표지디자인 | 얼앤똘비악
본문디자인 | 채홍디자인
마케팅 | (주)와이즈로
출판등록 | 2018년 4월 6일
주소 | 서울시 강서구 양천로 71길 54 101-201
전화 | 010-5445-7699
팩스 | 0303-3130-5324
전자우편 | 76draguy@naver.com
ISBN 979-11-978575-3-9